dtv
premium

Lea Singer

»Die österreichische Hure«

L'Autri-chienne

13 Unterhaltungen über Königin Marie Antoinette
und die Pornographie

Deutscher Taschenbuch Verlag

Von Lea Singer
ist im Deutschen Taschenbuch Verlag erschienen:
Die Zunge. Roman (12954)

Originalausgabe
Mai 2005

www.dtv.de
Umschlagkonzept: Balk und Brumshagen
Umschlaggestaltung unter Verwendung eines
Kupferstiches aus dem Jahre 1790
Satz: Greiner & Reichel, Köln
Gesetzt aus der Bembo 11/14'
Druck und Bindung: Kösel, Krugzell
Gedruckt auf säurefreiem, chlorfrei gebleichtem Papier
Printed in Germany · ISBN 3-423-24454-2

Mutato nomine de te fabula narratur.
Geschichte handelt von dir, nur der Name wurde geändert.
Horaz, Satiren

Die Teilnehmer

Sibylle Schlick, (38) Filmregisseurin
Louis (11), ihr Sohn
Karla (keine Altersangabe), Ausstatter und Kostümbildner
Rita Sander (38), Filmproduzentin
Korinna Kranich (38), Schauspielerin aus Berlin
Jenny Sommer (38), Schauspielerin aus München
Nicole Glass (38), Filmstar aus Houston/Texas
Barbara Goldman (38), Historikerin
Rosa (2), eine Katze

Alle historischen Zitate, Schilderungen und Details in diesem Buch sind überprüfbare Fakten, auch was die Gegenwart betrifft. Fiktion sind nur die handelnden Figuren und deren Viten.

Prolog

Die Katastrophe hatte in dem Moment begonnen, um den Millionen sie beneideten. Als ihr harmloses Gesicht weltweit auf dem Bildschirm zu sehen gewesen war – allerdings nur eingeblendet, weil sie selbst gar nicht dabei war. Louis, glühend mit 39 Grad Fieber, war wichtiger gewesen. »*The winner is …*«

Sie hörte ihren Namen, als wäre es nicht ihrer. Stolz? Nein, Angst. Angst mitten unter den Freunden auf der langen Couch. »Alle beneiden dich, du hast es geschafft«, hatte ihr jemand ins Ohr geflüstert. Doch sie hörte etwas völlig anderes: Wer ganz oben ist, für den kann es nur noch abwärts gehen.

Trotzdem gab sie die gewünschten Stellungnahmen ab, drei, vier Tage lang funktionierte sie noch, als werde sie ferngesteuert und verteilte Sätze wie eine Bausparkasse kostenlose Rosen, die dann nicht aufgehen. Aber seither kommt sie morgens nicht aus dem Bett, bliebe am liebsten den ganzen Tag liegen, die ganze Woche, besser das ganze restliche Leben. Und fängt ohne Grund an zu heulen.

»Johanniskraut«, hat der Hausarzt gesagt. Aber das hat genauso wenig gebracht wie der Tai-Chi-Kurs, den sie nach drei Abenden hingeschmissen hat.

Sie schaut Werbespots an, schlechte Krimis und wartet auf einen Einfall. Vergeblich. Hätte sie doch wenigstens nicht auch noch gelesen, was über sie geschrieben worden ist, »die neue

Kult-Regisseurin Sibylle Schlick, über Nacht zum Weltstar geworden«.

Ihn zu verbannen, als wäre er daran schuld, hat auch nichts gebracht. Sie konnte ihn nicht mehr ertragen und hatte gehofft, nicht mehr an ihn zu denken, wenn er aus ihren Augen wäre. Seit drei Wochen steht er im Keller, zwischen ausgemisteten CD-Ständern und den Skiern. Das goldene Ding störte einfach in einer Wohnung, wo jede Gardinenstange aus Chrom ist. Wer aus einem Kupfer-Messing-Haushalt kommt, hält es nur mit Chrom und Alu aus. Das gibt sie zumindest den Freunden als Grund an, die sich wundern, dass die Trophäe nirgendwo herumsteht.

Es ist die vierte Woche, als sie sich wenigstens aufrafft, mit Louis für die Schularbeit in Geschichte zu lernen. Französische Revolution, das Jahr 1793. Schwerpunkt: das Ende von Marie Antoinette.

»Seit wann war sie im Gefängnis?«

»Ziemlich lang.«

»Bitte, etwas genauer.«

»Seit das mit der Flucht danebenging.«

»Nein, die Flucht nach Varennes ist im Juni 1791 gescheitert. Danach hat sie mit ihrer Familie streng bewacht im Stadtschloss, in den Tuilerien gehaust. Im Jahr drauf haben sie die ganze Sippe im *Temple* eingesperrt, einer ehemaligen Ordensburg der Tempelritter. Aber erst im Sommer 1793, mehr als ein halbes Jahr nach der Hinrichtung von Ludwig, kam Marie Antoinette in die Conciergerie, ein offizielles Gefängnis. Damals der Todestrakt von Paris.«

»Und warum hatte sie's vorher so nett? Schloss, Ritterfestung …?«

»Fändest du es nett zwischen vergoldeten Möbeln, wenn du

jede Sekunde befürchten musst, dass irgendwelche kreischenden Leute rings ums Haus Türen aufbrechen, Scheiben eintreten und dich erstechen oder erschlagen? Aber du sollst hier keine Diskussionen anzetteln, sondern Antworten geben. Wann wurde Marie Antoinette hingerichtet?«

»Irgendwann nach ihrem Mann.«

»Wann war der dran?«

»Vorher.«

»Also merk' dir wenigstens die zwei Daten: er am 21. Januar 1793 und sie am 16. Oktober. Hat man ihr davor einen Prozess gemacht?«

»Vermutlich.« Louis bohrt in der Nase.

»Und warum vermutest du das?«

Er zuckt die Achseln. »Ist doch so üblich, oder? Auch wenn's nur ein kurzer Prozess ist.«

»So kommst du nie von deiner Vier runter.«

»Ich bin froh, wenn ich die halten kann. Geschichte ist öde.«

»Also: sie wurde am 12. Oktober verhört und bekam am 14. und 15. ihren Prozess, direkt bevor sie am 16. aufs Schafott stieg.«

»Ziemliches Tempo, was? Die Amis lassen sich da Jahre oder Jahrzehnte Zeit.«

»Wie alt war Marie Antoinette, als sie geköpft wurde?«

»Fast 38. Es war zwei Wochen vor ihrem 38. Geburtstag.«

»Warum hast du dir das denn gemerkt?«

»Weil du genauso alt warst, als du den Oscar gekriegt hast.«

Er ist längst im Bett. Und sie spürt, dass in ihrem leeren Kopf etwas in Bewegung gerät. Scheppernd, ratternd, unangenehm. *So alt wie du.*

So alt wie du?

Aber das war doch eine alte Frau. Diese Zeichnung, Marie Antoinette auf dem Schinderkarren, das ist doch eine verhärmte, außer Form geratene Greisin.

Sie greift ins Regal. *Le peintre Jacques-Louis David.* Da ist es: *La reine Marie Antoinette allant à l'échafaud, Federzeichnung 15 x 10 cm.* Gezeichnet im Haus der Bürgerin Jullien, von wo aus David wie alle anderen Voyeure der Grausamkeit den Zug beobachtet hatte.

Lange Oberschenkel zeichnen sich ab, die Brüste hängen schwer nach unten in dem nachthemdartigen Kleid, als trüge sie kein Mieder, aber die Taille ist eingeschnürt, der Hintern tritt breit hervor. Die Hände sind auf dem Rücken zusammengebunden. Eine lange gerade Nase, gesenkte Lider, auf den geschorenen Haaren eine hässliche Mütze. Der Hals hager und faltig, die Unterlippe steht vor und die Mundwinkel sind weit nach unten gezogen. Kann man die Mundwinkel überhaupt so weit nach unten ziehen? Sie probiert es. Nein.

»Auf einem offenen Karren, nicht wie ihr Mann in einer geschlossenen Kutsche, wurde Marie Antoinette zur Place de la Révolution gefahren«, steht neben der Abbildung. »Antoinette spürte auf der Fahrt, wie sich ihre Därme bemerkbar machten, und bat darum, ihr die Fesseln zu lösen, damit sie sich hinter einer Mauer erleichtern könne.«

Da war sie also unten, ganz unten. Wie war es, als sie oben war, genau zwanzig Jahre vorher?

Sibylle weiß, wie das Buch aussieht, nach dem sie sucht. Auf dem Schutzumschlag eine Frau, tief dekolletiert, mit rotblonder Löwenmähne, graublauen, weit auseinander stehenden Augen, sehr weißer Haut und einem süffisanten Lächeln. Da ist es, da ist die Stelle.

Marie Antoinette und Ludwig, sie erst siebzehneinhalb Jahre alt, in Paris, 8. Juni 1773. Offene Terrasse mit Blick über die Tuilerien-Gärten, auf jubelnde Massen. Straßenhändler verkaufen Wein und Obst, die Stimmung ist ekstatisch.

»Mein Gott«, rief sie aus, »wie viele Menschen!«

»Madame«, bemerkte der Herzog von Brissac, Gouverneur von Paris, an ihrer Seite, »es möge seiner Hoheit dem Dauphin nicht missfallen, aber Sie sehen hier zweihunderttausend Menschen, die in Sie verliebt sind.«

Marie Antoinette, ganz oben.

Sibylle schlägt noch einmal die Zeichnung von David auf. Wie viele waren damals dabei, als das Fallbeil ihren früh gealterten Kopf abschlug, als der Henker ihn an den kurzen weißen Haaren krallte, die bluttriefende Trophäe empor hielt? Als im Jubelgekreische ein junger Mann, der unter das Blutgerüst gekrochen war, um das Blut mit weißem Taschentuch aufzutunken, sofort als Verdächtiger verhaftet wurde? Sicher mehr als zweihunderttausend.

Straßenhändler verkauften Wein und Obst, die Stimmung auch diesmal ekstatisch.

Absturz. Ganz oben, ganz unten.

Sibylle geht ins Bad, stellt dort die Beleuchtung auf höchste Leistung, schminkt sich ab und sieht sich an.

Das Gesicht ist rosig, die Haut straff, auch am Hals. Von ein paar Falten um die Augen abgesehen keine Spuren des Alters. Sie senkt den Kopf, prüft den Scheitel. Nein, kein graues Haar. *So alt wie du.* Sie nimmt die Haare hoch, betrachtet von der Seite den Nacken. Es ist im eigenen Interesse, dass der Hals freiliegt, wenn das Fallbeil niedersaust. Nur so trennt es mit aller Schärfe. Bei der Vorstellung, ihr Kopf würde an dieser glatten, verletzlichen Stelle abgehackt, es würden Haut, Rückgrat, Muskeln, Sehnen, Stimmbänder, Kehlkopf durchschnitten, wird ihr schlecht. Sogar ein Huhn wird getötet, bevor es geköpft wird.

So alt wie du.

Sie sieht sich ins Gesicht und ohrfeigt sich, vor dem Spiegel. Exorzistin des Selbstmitleids. Lautlos redet sie mit sich. Von wegen *Absturz, ganz unten.* Was weißt denn du, wie sich ganz unten anfühlt? Sie schlägt sich so lange, bis es brennt und Flecken hinterlässt.

Am nächsten Morgen beginnt sie mit der Recherche.

1. Unterhaltung

Es ist Sonntag, später Vormittag, Mitte Mai. Durch die offenen Fenster dringt die Langeweile der Stadt herein. Was Sibylle auf den Tisch gestellt hat, riecht nach Friedlichkeit. Schinken, Räucherlachs, Rührei warm gestellt, Baguette, Croissants, Kaffee.

»Warten wir noch, bis Karla sich wieder an das Tageslicht gewöhnt hat, nach dem Verlassen des Darkrooms?« Mit gespreizten Beinen, die Hände im Nacken verschränkt, die Lider halb geschlossen, die Lippen aufgepustet hängt Rita Sander im Sessel.

»… nur kein Neid auf ein bewegtes Liebesleben, meine Gute.« Sibylle gießt Orangensaft in ein Glas und streckt es Rita entgegen.

»Ich glaube, er bewegt nicht, er hält nur hin.«

»Entschuldigung … ist dieser anzügliche Umgangston bei Ihnen üblich?«, kommt es vom Tisch. Barbara Goldman sitzt schon essbereit dort, neben dem Teller ein Notizbuch und es ist ihr anzusehen, dass sie an nichts anderes als an Räucherlachs denken kann.

»Stört Sie das? Dann sind Sie hier vielleicht auf dem falschen Dampfer …«

»Es … ich meine: es stört mich nicht, im Gegenteil, der Ton gefällt mir. Er verrät, dass sie eine gewisse Lust an … an Zweideutigkeiten haben und das entspricht dem Stil …« – Barbara angelt einen Zwiebelring von der Platte – »der Zeit.«

Rita hat sich aufgerichtet. »Was? Welcher Zeit? Sibylle, was ist hier los?«

»Ich wollte über ein neues Projekt mit dir reden.«

»Was höre ich – ein neues Projekt? Hast du nun endlich die Tragödie verwunden, einen Oscar bekommen zu haben? Nein, ich versteh dich ja. Was hast du vor?«

»Ich will den Prozess gegen Marie Antoinette verfilmen.«

»Geschichte? Ich bitte dich.« Rita wirft sich erschöpft ins Polster zurück.

»Ich weiß«, sagt Sibylle. »Geschichte ist öde …«

»Na also …«, seufzt Rita.

»… das sagt mein Sohn. Ich finde Geschichte echt heiß. Ich meine: hautnah, eindringlich.«

»Ist dein neuer Liebhaber Historiker?«

Sibylle kennt das: Wenn jedes Wort aus Ritas Mund so scharf wie ein Fleischermesser daherkommt, hat sie zumindest die Neugier gepackt. »Was spricht denn gegen einen historischen Stoff?«

»Zu teuer. Achtzehntes ist unbezahlbar. Die Möbel, die Klamotten, die Requisiten, die Fassaden … Da kannst du gleich mit untergehenden Luxuslinern rumspielen.«

»In dem Fall nicht. Das Ganze spielt im Gerichtssaal. Bänke für die Zeugen und die Geschworenen, zwei Tische, zwei Stühle für den Chefankläger und den Verteidiger, sonst nichts. Für Marie Antoinette brauchen wir nur einen Sessel. Was die Klamotten angeht: ein schwarzes und ein weißes Kleid und eine Haube und für den Rest auch nur …«

»Aber Geschichte passt nicht zu deinem Profil. Kein Mensch will von dir einen Historienschinken serviert bekommen.«

»Meine Gute, meinst du denn, du kennst mein Profil besser als ich?«

»Zumindest sehe ich es öfter. Und will verhindern, dass es … dass es …«

»… abgefahren wird? Siehst du, deswegen will ich runter von dieser Komödienpiste. Da nutzt sich das Profil ganz schnell ab. Also: willst du mit mir darüber reden?«

Rita zieht die Oberlippe hoch, so dass ihre starken Schneidezähne frei liegen. »So viel ich mich erinnere, wurde die Dame geköpft.«

»Keine exklusive Erinnerung, aber eine zutreffende.«

»… ein entzückendes Thema, Sibylle. *Sie hat eine an Billy Wilder erinnernde Gabe für sprühenden Komödienwitz* … – das war es doch ungefähr, was in den Feuilletons über dich stand. Bei diesem Film werden sie eher an diesen Streifen mit Norma Shearer denken. Rokokoperücken, frühes Nylon, Zuckerbäckerstil bis zum Erbrechen, und das Ganze so sprühend wie Ketchup. Oder an diesen Flop vor ein paar Jahren, diese Soap mit Hilary Swank …«

»Keine normale Soap, Schmierseife«, sagt Karla, der gerade hereinkommt. »Allein dieses vulgäre rote Kleid wäre Grund genug gewesen, ihr den Oscar für *Boys don't cry* wieder abzuerkennen.«

Rita hat die Augenbrauen etwas hochgezogen. »Und das sagt ausgerechnet unser aller Karla, obwohl seine Lederhose der Phantasie nicht den mindesten Spielraum lässt.«

»Auch allem anderen nicht«, erklärt er, lässt sich auf das Sofa fallen und streckt die Beine von sich. »Ich hatte keine Zeit, mich als kastrierter Gentleman zu verkleiden. Verrätst du mir vielleicht, was diese Dame am Tisch treibt.«

»Sie fischt«, sagt Rita, »Zwiebelringe, weil sie sich nicht an den Lachs herantraut, und außerdem ist sie Historikerin. Barbara Goldman.«

Rita fixiert die Gestalt am Tisch. »Wie kommen Sie bitte zu der Bemerkung, dass unser anzüglicher Umgangston Ihnen gefällt, weil er – wie war das? – angemessen sei?«

Karla zappelt. »Was? Hat sie das gesagt? Die Dame sieht gar nicht so vielversprechend aus.«

»Sie müssen Karla sein. Na endlich.« Barbara legt entschlossen eine Scheibe Lachs auf ihren Teller. »Es geht beim Prozess gegen Marie Antoinette um Verdächtigungen, Verleumdungen und Anklagen ...« – sie schneidet, kaut und spürt zufrieden, wie die anderen unruhig werden – »... unterhalb der ... Gürtellinie. Es geht, wie soll ich sagen? Um die Macht der Pornographie.«

»Welche Marie Antoinette? Die Cutterin?« Karla schaut verwirrt.

»Nein die Königin.« Rita steht auf und setzt sich neben Karla auf das Sofa. »Offenbar weißt du auch noch nicht, dass unser Komödientalent Schlick sich vorgenommen hat, diesen spritzigen Guillotinen-Stoff zu verfilmen.«

»Na gut, *Some like it hot* fängt auch mit Leichen an. Das kann trotzdem lustig werden.« Karla wischt sich mit einem Taschentuch den Kajal unter den Augen weg.

»Hier hört es aber mit einer Leiche auf.«

Karla setzt sich an den Tisch neben Barbara. »Na gut, das ist Sibylles Sache, wie sie da Lacher einsammeln will. Aber was mich angeht: die Klamotten von Marie Antoinette sind ganz mein Geschmack. Die Stoffe, die Farbtöne, jeden Monat neue – Rhesedagrün, Malvenrosa, Rauchblau, Champagnergolden ...«

»Und erst die Namen«, sekundiert Barbara, die Halbbrille auf der Nasenspitze. »Die Modefarben hießen *Pariser Schlamm, Indiskrete Tränen, Mut des Edelmanns* oder *Flohlunge* ... Da gab es

Roben, die hießen *Maskiertes Verlangen* oder *Unüberlegte Lustbarkeiten*.«

Karla gestikuliert. »Das nenne ich Mode mit Poesie … Das nenne ich verfeinerten Geschmack …«

»Gut, dann essen wir erst mal.« Rita stemmt sich aus dem Sofa hoch und nimmt am Tisch gegenüber von Barbara Platz. »Vielleicht schluckst du die Pille so leichter …«

»Ich brauche kein Aspirin. Ich seh nur so aus.«

»Du weißt noch nicht«, sagt Rita, ohne Karla anzusehen, »dass die Königin beim Prozess und bei der Hinrichtung nur ein schwarzes und ein weißes Kleid trägt, billigste Hauskleider, darunter einen ordinären schwarzen Unterrock. Und eine hässliche Haube.«

Karla nimmt sich Rührei. »Und wozu braucht ihr dann mich?«

»Damit die billigen Hauskleider stimmen.«

Karla blickt traurig auf seine Eier. »Findest du den Stoff auch beschissen, Rita?«

»Ich finde, er ist so aktuell, so befreiend und so unverzichtbar wie ein Fischbeinkorsett. Im Irak wird ein amerikanischer Geschäftsmann geköpft vor laufenden Kameras, weil er Ami ist. Jüdischer Ami. Das ist Gegenwart. Dass jemandem, weil er Aristokrat ist, der Kopf abgeschlagen wird – das ist ja nicht nett, aber das ist Vergangenheit.«

Louis kommt herein, die Inlineskates an den Füßen, und setzt sich an den Tisch. »Was labert ihr da? Schon wieder Geschichte? Geschichte ist öde.«

»Nur«, sagt Sibylle während sie Louis die Rollschuhe auszieht, »dass die Vergangenheit sich oft verdammt nach Gegenwart anhört. Alle Zutaten im Prozess gegen Marie Antoinette sind brandheiß.«

»*Uncool*«, sagt Louis, lehnt sich über den Tisch und fingert sich Lachs von der Platte.

»Louis, bitte nimm die Gabel.«

»Zu weit weg«, sagt er.

»Genau, zu weit weg«, sagt Rita. »Das ist es.«

»… dass jemand vor Gericht gestellt wird, mit einem unzurechnungsfähigen inkompetenten Pflichtverteidiger zur Seite, dass Geschworene angekarrt werden, die vorher schon eingeschworen sind, dass der Angeklagte stundenlange Verhöre über sich ergehen lassen muss und dabei genau weiß, dass es völlig gleichgültig ist, was er sagt, dass sein Todesurteil schon vor Prozessbeginn festgestanden hat: findet ihr das auch weit weg? Oder hat irgendwer mal was über die üblichen Prozesse gegen Schwarze in … sagen wir mal Texas gehört?«

Karla versucht zu gähnen. »Ach Süße, jeder von uns mailt doch diese Kettenbriefe von *amnesty* weiter. Gibt so ein gutes Gefühl für eine halbe Stunde.«

»Willst du den Verdienstadel samt Siegelring?« Rita ist aufgestanden. »Oder die goldene Medaille als Menschenrechtlerin?«

»Ich will nur, dass Rita das Drehbuch liest, und ihr mit mir die drei Kandidatinnen anschaut, die meiner Ansicht nach für die Hauptrolle geeignet wären. Sobald Rita den Daumen nach oben biegt und die mühsame Geldbeschaffung …«

»Was soll die Koketterie? Du weißt doch genau, dass sie uns nach deinem Oscar mit Geld zuscheißen.«

»*Non olet*«, sagt Sibylle. »Und ich befürchte, es ist das einzige, was nicht übelriechend ist an dieser Geschichte. Denn sie ist obszön und pornographisch in ungeahntem Ausmaß.«

»Ach ja?« Karla vergisst zu schlucken. »Ich habe in Geschichte immer geschlafen.«

»Du willst uns doch nicht erzählen«, sagt Rita, während sie

sich wie Louis beim Lachs mit den Fingern bedient, »dass man aus der Geschichte etwas lernen könnte.«

Sibylle grinst und drückt ihr die Vorlegegabel in die Hand. »Doch. Man kann lernen, dass niemals irgendwer aus der Geschichte gelernt hat.«

»Und warum«, fragt Louis mit vollem Mund, während er die Finger an Sibylles Jeans abwischt, »lernen wir in der Schule nichts über Pornographie, wenn die zur Geschichte gehört?«

»Weil die Lehrer ihre Vorschriften haben«, sagt Sibylle, »und weil sie ...«

»Blödsinn«, fällt ihr Rita ins Wort. »Weil sie nichts davon wissen, lieber Louis. Oder – falls doch – nicht wollen, dass ihr das wisst.«

Als der Brunch gegen 20 Uhr endet, hat Sibylle trotzdem das Gefühl, gewonnen zu haben. Irrtümer dieser Art sind der Schaffenskraft zuträglich.

2. *Unterhaltung*

Die Straße dort hinauf ist selbst jetzt im Sommer nur Autofahrern anzuraten, die ihr Auto nicht lieben. Und der Weg lohnt sich nicht. Es ist vielleicht einmal schön gewesen, das ehemalige Almhaus, mit seinen Holzschindeln, den grün gestrichenen Läden und dem langen, der Talfront entlang verlaufenden Holzbalkon. Aber an der Wetterseite hat jemand, unter dem Vorwand des Praktischen, Holz durch Eternit ersetzt und an den Fenstern im unteren Geschoss die Schlagläden entfernt und Rolläden einbauen lassen. Die ursprüngliche Haustür hat irgendein Ribbelglas-Mafioso an die Verkäufer von antiken Baumaterialien verhökert. Innen allerdings hat der neue Besitzer gezeigt, dass er zwar keinen Sinn fürs Rustikale besitzt, aber sehr viel Geschmack und Geld. Polierter Sandsteinboden, glatte weiße Wände, weiße Leinengardinen. Möbel im Amish-Stil, Bauhaus-Lampen, keine Bilder.

Karla und Rita kommen gegen fünf Uhr nachmittags an. Sibylle gießt gerade Tee auf.

Karla stellt sich neben sie, küsst sie auf die Wange und fängt sofort an zu reden. »Ich will jetzt endlich wissen, was an dieser historischen Schmonzette obszön sein soll.«

»Die Todesstrafe an sich ist obszön …«

Karla fuchtelt unsichtbare Schwaden weg. »Ach, komm mir nicht mit diesem intellektuellen Gelaber. Was ist denn richtig obszön?«

»Wie über sie geredet wurde.« Sibylle nimmt die Teekanne und stellt sie auf den Tisch, wo bereits eine Platte mit Hefezopf wartet. »Über die Delinquentin, meine ich.«

»Aber wer ist über sie hergezogen? Ihre Sippe oder die Hofschranzen? Wer hat sich getraut, über die Königin von … wie hieß das … Gottes Gnaden … wie über eine Hure zu reden?« fragt Rita.

»Getraut? Ich bitte dich!« Karla schaut Rita an wie ein begriffsstutziges Kind. »Über jemanden herzuziehen, der zum Tod verurteilt ist – das riskiert doch jeder Schlappschwanz. Einfach drauftreten, auf den, der am Boden liegt …«

»Ja, du hast recht, ich müsste es ja wissen. Ich ziehe mir wo ich geh und stehe die Leserbriefe der Zeitungen rein. Ich werde nie vergessen, was mal in der *Dallas Morning Post* stand. Da hat sich ein ehrenwerter Bürger nach der Frau erkundigt, die gerade vor Gericht stand, weil sie ihre Kinder umgebracht haben sollte: ›Wann wird sie gegrillt? Nichts riecht besser als eine ordentlich durchgebratene Kindsmörderin.‹ Ist das nicht herzig? Wenn jemand erstmal zum Abschuss freigegeben ist, reden die Menschen offenbar …«

»Nein, nein«. Sibylle reicht den Hefezopf herum. »Das obszöne Gerede über Marie Antoinette hat lange vorher angefangen. Schon in den ersten Jahren als Königin, mit neunzehn, zwanzig, ist sie beschimpft worden als *Autrichienne*. Das heißt zwar ›Österreicherin‹, aber wenn man es mit Bindestrich schreibt, wie diese Leute es taten, steht hinten *chienne* – die Hündin. Marie Antoinette, *the bitch*. Ich könnte dir …«

Rita dreht aus den Hefezopfkrümeln kleine Kugeln. »Bevor du wieder deinen historischen Raptus kriegst, sollten wir kurz über deine drei Kandidatinnen reden. Wenn sie erst einmal da sind, geht das ja schlecht.«

»Dass diese Zicken sich darauf einlassen, hier in Klausur zu gehen, bevor sie wissen, ob sie die Rolle überhaupt kriegen, ist wirklich erstaunlich«, sagt Karla kauend.

Rita schnippt die Kugeln über den Tisch. »Ach, Karla, ich dachte, du wärst etwas weiter. Jede von denen bildet sich doch ein, wenn sie eine Frau spielt, die erhobenen Hauptes zur Hinrichtung trippelt, sei der Oscar ihr sicher. Die lassen sich doch nur raffen und aufspritzen, damit es nach heroischer Uneitelkeit aussieht, wenn sie dann zum alten Weib geschminkt werden. Alles im Dienste der Kunst.« Sie lacht mit kalten Augen. »In Sibylles Drehbuch steht ja klipp und klar drin, dass die Aristo-*bitch* mit 38 weiße Haare hatte und ziemlich abgewrackt aussah.«

»Ist ja kein Wunder.« Karla lächelt verständnisinnig. »Kein Make-up, kein Stylist, kein Friseur und diese miserablen Klamotten.«

»Kommen wir zu deinem flotten Dreier, Sibylle.« Rita schiebt ihre Tasse und ihren Teller von sich weg. »Was willst du denn mit der Sommer? Das ist doch gar keine Schauspielerin.«

»Das ist«, fällt Karla ein, »nur eine Schmeißfliege auf der Society.«

»Ah, welch delikates Herrschaftswissen.« Sibylle schaut ihm auf den Mund, ein Mund, zartrosa, weich, mit feingezeichnetem Lippenbogen, der ausschaut, als könnten ihm nur Rilke-Gedichte entschlüpfen. »Gehörst du dazu? Ich meine zu dem … dem Haufen, dass du die Schmeißfliege so gut kennst?«

»Steht doch in jeder Boulevardzeitung, dass sie nur herumhurt. Partyservice.«

»Und du glaubst den Boulevardzeitungen?«

»Wird schon was dran sein, so wie die herumläuft mit Ende dreißig. Nuttig und degoutant.«

Sibylle macht die Augen zu und redet wie in Trance. »*Sie treibt es mit jedem, in jeder Position, zu jeder Zeit, an jedem Ort.* Es ist ein Bekenntnis von ihr im Umlauf, als Buch gedruckt, in dem sie sich als die verachtungswürdigste Hure bezeichnet und als sexuell unersättlich. Sie gibt offen zu, dass sie es in der Nacht, bevor ihr Mann der oberste Chef wurde und sie lächelnd neben ihm posiert hat, mit einem auserwählten Herkules getrieben hat, dass ihr Schwager ihr alle Stellungen beigebracht hat, dass sie mit ihrer Busenfreundin Yolande jedes sexuelle Experiment gemacht hat und dass, wenn gerade niemand zur Hand ist, sie mit ihrer eigenen alles bewerkstelligen kann, was es braucht.«

Karla starrt sie an. »Von wem redest du? Von der Sommer?«

»Ich rede von Marie Antoinette, der Königin von Frankreich. So, wie sie schon in den ersten Jahren als Königin geschildert worden ist. Und von da an eigentlich immer.«

»Beweise.«

Sibylle rückt drei Stühle nebeneinander. Als alle drei sitzen, stellt sie ihr Powerbook an und wirft Bilder auf die nackte weiße Wand. Buchillustrationen, feinste Kupferstiche, gekonnt und mit Liebe fürs Detail gemacht. Auf jedem ist eine Frau zu sehen mit blondem lockigem Haar, weit auseinanderstehenden Augen und sehr weißer Haut. Auf jedem fasst ein anderer Mann ihr unter den Rock, auf das rasierte Geschlecht, auf die blossgelegten Brüste, an die prallen Schenkel.

»Hoppla.« Karla zieht seine Brille heraus. »Ich dachte, es geht hier um Geschichte. Was ist das hier denn bitte?«

»Ein Bestseller auf dem Schwarzmarkt des 18. Jahrhunderts. *Essai Historique sur la vie de Marie Antoinette.* Eine in Ich-Form geschriebene Beichte der Königin, ein erfundenes Sündenregister aller denkbaren Obszönitäten, 1781 erschienen. Der König hat zwei Jahre später bereits 534 Exemplare davon öffentlich verbrennen lassen – vom Henker, wohlgemerkt.«

»Und?« Karla sitzt ganz vorn auf der Stuhlkante.

»Das war«, sagt Sibylle, »nur ein PR-Gag für das Buch. Während das Feuer brannte, wurde bereits nachgedruckt. Bis zur Enthauptung der Königin wurde es ständig mit immer neuen obszönen Beleidigungen liebevoll aktualisiert. Schließlich gab es Konkurrenz … fuderweise. *Libelles* nannten sich diese Heftchen.«

»Jajaja. Ich verstehe, was du mir sagen willst.« Karla hebt die Handflächen hoch, als wolle er sagen: Bitte nicht schießen. »Klar, ich habe bei der Besetzung eigentlich nichts mitzureden. Aber ich warne dich trotzdem vor der Sommer, schon weil es sehr unberechenbar mit ihr wäre.«

»Weswegen? Sie gilt als halbwegs zuverlässig.«

»Ach Süße, redet doch jeder darüber, dass die sich bereits infiziert hat. Verkehrt eben in einer Szene, wo es nicht spritzig genug sein kann. Man sieht noch nichts, aber das hat nichts zu sagen. Spricht wahrscheinlich nur für ihren Visagisten.«

»Sie hat es sich geholt, weil sie mit einem Geistlichen fremdgeht, der sich von vorn und hinten bedienen lässt.« Sibylle lehnt sich zurück und verschränkt die Arme hinter dem Kopf. »Das jedenfalls wurde in den diversen *libelles* geschrieben. Irgendein bisexueller Kardinal soll sie mit Syphilis angesteckt haben.«

Am Esstisch lehnt eine pralle Mappe. Sibylle biegt sich zur Seite, schlägt den Deckel der Mappe zurück, greift einen Stapel heraus. »Allerdings wurde bei Marie Antoinette niemals eine Geschlechtskrankheit diagnostiziert.« Sie legt den Stapel auf Karlas Oberschenkel. Karla stöhnt, die Brauen hochgezogen. »Lass mich mit diesen Dokumenten in Ruhe. Da sehe ich mir lieber dieses Society-Flittchen an. Aber was ist noch …«

»Ja«, mischt Rita sich ein, »das frage ich mich auch. Was – oder sollte ich sagen: *wer* hat dich geritten, dass du diese bittere Ossi-Tussi eingeladen hast?«

Karla schlägt sich auf die Stirn und kreischt: »Was? Doch nicht etwa Korinna Kranich?«

Sibylle steht auf und schließt die Fenster. Karlas Blicke folgen ihr. »Genierst du dich vor den Kühen? Also, diese Kranich ist doch nur berühmt dafür, wie sie verheult ausschaut. *Sad fuck,* sag ich.«

»Ich vermute, Karla, du warst nie in der Verlegenheit, diese *sadness* zu überprüfen, oder?« Sibylle klingt mild. »Außerdem: ich hätte nichts gegen etwas *sadness.* Sie sagt schon in jungen Jahren, keine zwei Jahre, nachdem sie in Paris ist: *Je porte malheur* und schreibt mit 21 bereits, wie deprimiert sie sei. Ich rede von Marie Antoinette.«

»Außerdem sieht sie unterleibskrank aus, nach Dauermenstruation.« Karla hat seine Lautstärke gedrosselt.

»Wer sieht so aus?«, fragt Sibylle.

»Die Ossi-Tussi«, sagt er. »Und ich fürchte, das stimmt auch.«

»Sag mal, Karla«, mischt Rita sich ein. »Wie kommst du zu diesen intimen Kenntissen? Entsorgst du ihren Badezimmermüll oder sitzt du bei ihr in der Kanalisation?«

»Ach was, ich lese im Gegensatz zu dir, was wirklich wichtig ist.«

»Nämlich?«

»Süße, du mit deinem Anspruch, du musst dich mit den Feuilletonschreibern abgeben. Ich lese, was heimlich alle lesen wollen: Klatschkolumnen, schöne, bunte Illustrierte und Frauenzeitschriften. Und da hat sie in irgendeinem Interview mal gesagt, dass sie wegen – wie nennt sich das? – versuchter Republikflucht oder so – in irgendeinem DDR-Knast eingebunkert war … und dass die ihr nicht mal – ah, widerlich …« Karla verzieht das Gesicht und tupft sich mit seinem Taschentuch den Mund ab.

»Was widerlich?«, kommt es leise von Sibylle.

»… dass die ihr nicht mal genügend von diesen Dingern gegeben hätten, die den Abfluss verstopfen, weil sie die öfter als monatlich brauchte. Widerlich.«

Sibylle schaut auf ihren Schoß: »… ich finde es – klingt ja komisch – passend.«

»Was?«, schreit Rita.

»… ja, weil Marie Antoinette ihre unregelmäßigen und schweren Blutungen schon immer zu schaffen gemacht haben.«

»So etwas Unappetitliches haben die Historiker aufgeschrieben? Also ich weiß nicht.« Karla schüttelt seine Hände, als wolle er Schmutz von ihnen wegschleudern.

»Aus gutem Grund: diese Blutungen waren … ja … von allerhöchstem politischem Interesse. Und die Revolutionäre haben es ausgenutzt, dass …«

»Ach was. Die haben sich an die menstruierende Königin rangemacht?« Ritas Gesicht sieht aus, als habe man es am Mund zusammengeschnürt.

»Nein, so nicht. Aber sie haben die Verhöre von Marie Antoinette genau auf die Tage festgesetzt, an denen sie ihre Blutungen hatte. Und kaum wurde vom Gefängnispersonal gemeldet, sie liege mit schweren Unterleibsschmerzen im Bett, wurde am 12. Oktober beschlossen, den Prozess früher als geplant durchzuziehen. Und damals gab es weder Hygiene-Binden noch Tampons.«

»Barmherziger. Und ich hatte mir diese ganze Rokoko-Szene so elitär gedacht, zickig, aber elitär. Und jetzt …« Karla legt die Hände vors Gesicht. »Ekelhaft. Aber – okayokay. Mich kann nichts mehr erschüttern. Und wie kommt es zu der Dritten in deinem traumhaften Aufgebot?«

»Die Glass …«

»Ich frage mich«, Karla starrt strafend Rita an, »warum die sich nicht von vornherein aus finanziellen Gründen erledigt hat. In deinen Pupillen seh ich doch sonst immer die kleinen Euro-Zeichen leuchten.«

»Nicole würde es für das Gleiche machen wie die anderen. Sagt sie. Weil sie« – Sibylle macht sich an ihren Schuhen zu schaffen, redet mit dem Kopf nach unten – »behauptet, es sei ihr eine Ehre, mit mir zusammenzuarbeiten.«

Karla brüllt vor Lachen. »Wie rührend. Aber ich komme ihr auf die Schliche. Und weißt du, worauf ich mich freue?« Er strahlt.

Sibylle schüttelt den Kopf.

»Zuzuschauen, wie die drei sich fertig machen. Bei uns zu Hause lag im Küchentisch ein altes Haushaltsbuch und da waren außer Rezepten für Knödel auch welche drin zur Vernichtung von Ratten.«

»Könntest du etwas liebenswürdigere Vergleiche ziehen?«

Karla strahlt. »Das ist ein sehr geldsparendes Verfahren, denn man braucht nur ein Stück Fleisch dazu, mit leichtem Hautgout. Das wird in ein leeres Fass geworfen, das Fass wird dorthin gestellt, wo sich die Tiere tummeln, ein Brett wird als Rampe angelegt, die erste Ratte kommt, stürzt ab, frißt das Fleisch, kommt nicht mehr raus, lockt mit ihrem Geruch die nächste Ratte an …, also: Ich bin gespannt, welche überlebt. Wir sollten ein Wettbüro aufmachen, meine Süße.«

Motorengeräusche. Reifen im Kies, Schritte auf den Holztreppen, auf dem Balkon. Zuerst kommt Barbara Goldman herein, hinter ihr drei Frauen. Alle gleich groß, gleich schlank, rotblond und gleich alt.

»Die Damen betreten den Ring«, heult Karla im Ton eines Boxkampfkommentators. »Aber ich muss zugeben …« Er steht auf und verneigt sich, die Hand aufs Herz gelegt. »Ein bezauberndes *rat-pack*.«

3. Unterhaltung

»Wie im Büro nach dem Exzess am Faschingsdienstag.« Sibylle flüstert Barbara ins Ohr. »Wenn jeder vergessen will, mit wem er gestern geknutscht oder gevögelt hat.«

Schweigend, mit gesenktem Blick sitzen alle um den Frühstückstisch, nagen ihr Knäckebrot oder löffeln ihr Müsli. Nur Barbara beißt in dick mit Schinken und Wurst belegte Brötchen. Unter dem Tisch sitzt Rosa und frisst die Schinkenstücke, die Barbara mit zusammengekniffenen Lippen und Kontrollblick unter den Tisch fallen lässt.

Das Abendessen war ein voller Erfolg geworden, als die Flaschen sich leerten. Aber jetzt stehen die leeren Flaschen neben der Spüle, als stammten sie aus einer anderen Welt.

»Gut geschlafen?« Sibylle sieht in die Runde, aber keiner blickt zurück. Sie fängt an, die abgegessenen Platten, Teller und Schüsseln zusammenzustellen.

»Die Vögel brüllen hier, dass einem die Ohren abfallen«, erklärt Karla.

»Ich frage mich, warum diese Bauern um sechs einen Höllenlärm machen, anstatt bis zehn zu pennen«, mault Louis.

»Ich räume den Tisch ab«, sagt Barbara, zieht die Katze unter dem Tisch vor und setzt sie auf ihren Stuhl. »Kein Widerspruch.« Sie stellt die Schüsseln ineinander und muss auf dem Weg zur Küche hören, dass Rita sagt: »Typisch Historiker. Immer auf dem Rückzug.«

Sibylle hält sich an ihrem Tellerstapel fest. »Barbara wird in unserem ersten Durchlauf auf alle Fragen eine Antwort geben, auf die ich keine weiß. Sie ist eine Historikerin von Format …«

»Unübersehbar«, sagt Karla. »Du kannst unbeschadet nette Dinge über sie sagen, weil schlanke Frauen den Fetten gegenüber grundsätzlich gönnerhaft sind. Ich erlaube mir trotzdem, ihre ebenso fette Katze widerlich zu finden. Ich reagiere …«

»… auf alle Arten von Katzen zu Sigmunds Freude aversiv, wir wissen es«, sagt Rita.

»Das ist durchaus angemessen«, sagt Barbara, die plötzlich wieder in der Tür steht und auf den Tisch zugeht, um Tassen und Teller zu holen. »Ludwig XVI. konnte Katzen auch nicht leiden. Und er hat auf seinen einsamen Spaziergängen auf den Dächern so viele wie möglich abgeschossen.« Sie nimmt den Stapel. »Katzen waren in Versailles genauso zahlreich wie die Ratten«, sagt sie im Hinausgehen.

»Wahrscheinlich hat er sich bei ihrem Anblick dasselbe gedacht wie Karla«, grinst Rita. »Symbolik ist meistens schweinisch.«

»Louis, du wolltest gern raus, oder?« Sibylle versucht ihren Sohn vom Stuhl zu ziehen.

»Wenn du mich loswerden willst, hättest du vorher die Straße asphaltieren lassen sollen. Das hier ist eine Scheißgegend für Skater.«

Rita steht auf, zieht ihre Sonnenbrille aus der Jackentasche und schiebt sie sich in die Haare. »Ich fahre runter ins Dorf, kaufe was fürs Mittagessen ein und nehme ihn mit.«

»Bist du Historiker?«, sagt Sibylle leise.

Die Tür knallt zu, hallende Schritte auf dem Holzbalkon, der

Treppe, das Gartentor quietscht, scheppert ins Schloss, Ritas Landrover springt an, der Kies knirscht unter den Reifen.

Die um den Tisch lauschen reglos.

Sibylle gießt sich Wasser ein und trinkt das Glas ganz leer. Sie schweigt, alle schweigen, bis Barbara wieder aus der Küche zurückkommt.

Sie nimmt Rosa vom Stuhl, setzt sich hin, bettet die Katze auf ihren Schoß, legt beide Hände auf eine dicke Mappe und fängt mit leicht polnischem Akzent an zu sprechen. »Ich will Ihnen nur das Hintergrundwissen liefern. Anregungen dazu, wie Sie Ihre Darstellung der Königin vertiefen können.«

»Dekolleté gilt nämlich nicht, leider«, sagt Karla. »Anstaltskleidung ist angesagt. Dabei hatte die Alte erstklassige Titten, wie man sehen kann auf den Konterfeis von dieser … wie heißt sie?«

»Vigée-Lebrun. Elisabeth Vigée-Lebrun war der Andy Warhol der französischen Monarchie. Sie hat in sensationellem Tempo plakative Bilder von der aristokratischen Prominenz produziert, auf denen alle sehr platt, aber gut aussehen und hat sich damit eine goldene Nase verdient. Sicher ist, dass es in Versailles unter den Damen sofort Aggressionen geweckt hat, dass Marie Antoinette attraktiv war.«

»Waren die anderen denn so wenig geglückt?«, erkundigt sich Jenny mit schief gelegtem Kopf.

»Die Frau des Grafen von Provence, dem nächst jüngeren Bruder von Ludwig, war klein, schon mit neunzehn fett, hatte buschige Brauen, einen Damenbart, ein feuerrotes Gesicht und eine derartige Abneigung gegen Wasser, dass Ludwig ihren Eltern geschrieben hat, sie sollten ihr doch mal den heißen Tipp geben, ihren Hals zu waschen. Und die Gattin von d'Artois, dem jüngsten Bruder, war laut Marie Antoinettes Bruder ›absolut schwachsinnig‹ und sah auch so aus.« Barbara redet, als sage sie eine Ballade von Löwe auf, mit unbewegtem Gesicht und unbeteiligter Stimme.

»Na dann, einfache Übung.« Karla winkt imaginäre Passanten durch. »Und der Rest der Verwandtschaft?«

»Da waren noch die Tanten von Ludwig, also die Töchter von Ludwig XV., alle bigott und, wie es heißt, *bösartig wie die Krätze*. Die Jüngste, die einzige von den vieren, die immerhin Charme hatte, aber leider einen Buckel, war ins Kloster geflohen, um dort für ihren verhurten Vater zu beten. Die anderen drei fanden aus begreiflichen Gründen nie einen Mann. Adelaide, die Älteste, wurde von ihrem Vater *Vogelscheuche* genannt, wahlweise *Scheuertuch* oder *Lumpen*, Victoire, die zweite, rief der Vater *coche* – zu deutsch *Sau*, Sophie, die dritte, heisst es, sei von seltener Hässlichkeit gewesen. Madame de Campan, die Vertraute von Marie Antoinette, sagte, sie habe nie eine abschreckendere Person gesehen, und Ludwig XV. nannte sie *Schnitzel* oder *Krähe*.«

»Dämlicher Vergleich«, sagt Jenny. »Schnitzel und Krähe haben doch nichts gemeinsam, absolut gar nichts.«

»Doch«, sagt Karla, »Sie wollen doch sicher keins von beidem im Bett haben?«

»Egal«. Jenny Sommer zieht ihr T-Shirt stramm. »Aber die Königin hatte doch offenbar – und das muss auch rüberkommen – scharfe Kurven.«

»Und zwar echte. Heute haben sogar die Kurven falsche«, sagt Rita.

»Man könnte nostalgisch werden«, sagt Korinna weich und sieht ihren Händen zu, die eine Zigarette drehen.

»Du redest in Rätseln, liebe Rita«, wimmert Karla.

»Nein, ich rede ausnahmsweise Jiddisch«, sagt Rita. »Kurven

sind – habe ich recht, verehrte Professorin? – Frauen, bei denen die Männer fürs Darauf-Abfahren zahlen.«

»Die Frau Produzentin wird auf einmal ausfällig, wo sie sonst so auf Stil hält?« Jenny stützt die Hände auf den Tisch und beugt sich vor zu Rita. »Warum ergreifen Sie jetzt bitte Partei gegen mich? Wenn hier Vorurteile ausgepackt werden, dann packe ich auch aus.«

»Verzeihen Sie, aber: wer hat denn von Ihnen geredet?« Barbara sieht, das Kinn gegen den Hals gedrückt zu, wie Jenny sich ihr T-Shirt über den Kopf zieht, den BH aufhakt und sich auf den Boden legt. »Na bitte – was seht ihr? Keine Mickymausnasen. Natur pur.« Sie steht auf, zeigt einladend auf den Boden. »Will die Kollegin aus Texas auch mal? Die aus Berlin gerät mangels Angebot gar nicht erst in Verdacht.«

Barbara setzt sich steil hin und räuspert sich. »Also: Marie Antoinette war groß, auch gut gebaut, aber ein bisschen matronig und einwandfrei übergewichtig. Nicht fett, aber zu dick, vor allem um die Taille herum. Und zwar schon ziemlich lang.« Sie seufzt. »Mütterliche Anlage.«

»Anlage? Diese Mütter mästen einen doch wie ein Schwein.« Jenny zieht den Bauch ein.

»Das kann man Maria Theresia in dem Fall nicht vorwerfen: Als ihre jüngste Tochter quasi als Geisel für den politischen Frieden nach Versailles kam, war sie vierzehneinhalb und klapperdünn. Damals war es ihr Liebstes, ein Picknick mit Erdbeeren aus den Gärten von Trianon zu machen. Aber schon als sie sechzehn, siebzehn wurde, fing sie an, aus dem Leim zu gehen und sich auch sonst ziemlich gehen zu lassen.«

»Wo haben Sie denn diesen Klatsch abgeschrieben?« Korinna sieht ihren Rauchwolken nach. »Diese Frau wird ja von Gerüchten zugeklebt.«

»Ausnahmsweise kein Gerücht, liebe Korinna – ein Bericht.« Sibylle zerpflückt, während sie redet, ihre Papierserviette. »Eine Dame, die zu Gast in Versailles war, hat es Maria Theresia gepetzt – und die meldete das sofort ihrer Tochter. Barbara, kannst du uns füttern?«

Barbara schlägt ihre Mappe auf. »O-Ton der Kaiserin. ›… ich fürchte, dass Sie … auseinandergehen und schon die Taille einer Frau haben, ohne es zu sein.‹ Und dann zitiert sie die … indiskrete …«

»… alte Petze«, sagt Karla.

»Genau, also: ›Sie hat mir gestanden, dass Sie sich sehr vernachlässigen, und das sogar bis auf die Reinheit der Zähne. Das ist ein ebenso bedeutsamer Punkt wie die Taille, die sie auch ärger gefunden hat. Sie sind jetzt in dem Alter, in dem Sie sich formen‹.« Barbara schaut über den Brillenrand auf Korinna. »Da war das gute Kind fünfzehn.«

»Also: sah sie jetzt gut oder beschissen aus?« Korinna hat sich mit ihrem Stuhl um 180 Grad gedreht und sitzt nun so, dass sie zu einem der kleinen Fenster hinausschaut. Sie pafft immer schneller.

Barbara schaut sie besorgt an, mit gerunzelter Stirn. »Um Ihre Frage zu beantworten: Marie Antoinette war eine sinnliche, attraktive Erscheinung. Auch wenn die Dubarry, die Mätresse von Ludwigs Großvater, gelästert hat: ›Ich erkenne in rotem Haar, dicken Lippen, dem Teint einer Rotblonden und Augen ohne Wimpern nichts Attraktives.‹«

»Wer erkennt das schon!«, sagt Jenny und heftet ihren Blick auf Nicole Glass.

»Naja, die hellen Wimpern sind eben wie die hellen Schamhaare eindeutig Erkennungszeichen der echten Blondine.« Nicole reckt den Hals. »Und eine falsche quält sich dann wie Marilyn damit ab, an intimer Stelle zu bleichen. Jenny, bekommen wir noch einen Strip? Das wäre doch … wie sagt man? … erhellend.«

Karla dreht den Kopf zwischen den Damen hin und her, als schaue er beim Tennis zu.

Barbara tackt mit ihrem Bleistift auf die Tischplatte. So lange, bis alle sie anschauen. »Das Urteil der Dubarry können wir, was Marie Antoinette angeht, nicht ernst nehmen, denn die beiden verband Hass auf den ersten Blick. Marie Antoinette wusste, dass die Dubarry früher unter dem Namen Jeanne Bécu eine Prostituierte gewesen war, fand es eine Zumutung, mit so jemandem zu verkehren und schrieb ihrer Mutter über die Dubarry: ›Sie ist das dümmste und unverschämteste Geschöpf, das man sich vorstellen kann.‹«

»Sicher nicht so unverschämt wie Frauen, die aus schierer Eitelkeit eine vernünftige Diskussion behindern«, kommt es von Korinna. »Also noch mal: Wie sah sie denn in der Zeit aus, die uns interessiert – Mitte, Ende dreißig?«

»So wie man aussieht, wenn man von morgens bis nachts befürchten muss, ermordet zu werden. Das zehrt«, sagt Barbara.

»Die Häftlinge im Todestrakt von Huntsville sehen auch nicht eben frisch aus, oder?« Korinna dreht den Kopf und sieht Nicole an.

»Richtig«, murmelt Barbara.

»Aha, Sie machen jetzt gemeinsam Front gegen mich? Was habe ich mit Huntsville zu tun? Nur weil ich in Houston lebe? Und da heißt es immer, Historiker seien objektiv. Das ist ja fantastisch.«

»Sind wir nie«, lächelt Barbara. »Aber eins lässt sich objektiv sagen: Marie Antoinette wusste schon seit 1789, dass von verschiedenen Seiten geplant war, sie zu ermorden. Mal wurde ein Attentäter namens Rotondo festgenommen, der ihr bewaffnet im Park aufgelauert hatte, mal deckten die Agenten von Ludwig eine geplante Vergiftung auf. Ohne Brechmittel im Handgepäck ging sie nirgendwo essen … Jedenfalls: in die Kleider, die sie 1791 für die Flucht nach Varennes schneidern ließ, hätte sie zwei Jahre vorher nie im Leben hineingepasst. Und als die Familie im *Temple* eingesperrt wurde, nahm die Königin rapide weiter ab.«

»Vielleicht solltest du dir das mit dem Knast überlegen, wenn du von Mutters Mastkur kommst, Jenny. Du kommst leicht rein, wenn du konsequent keine Strafzettel zahlst.« Korinnas Lächeln sieht nur die Krähe vor dem Fenster.

Barbara reagiert nicht mehr auf Einwürfe. »Wobei es nicht an der Verköstigung lag.« Sie blättert. »… das Mittagessen im *Temple* bestand aus zwei Suppen, zwei Vorspeisen – eine davon Kalbsnuss mit Sauce Menehould – einer Poularde, einem jungen Kaninchen, einem kalten Huhn und fünf Zwischengerichten. Marie Antoinette verschlug die dauernde Lebensangst den Appetit, aber Ludwig war so … so …«

»… verfressen«, sagt Sibylle.

»… ja … wie schon als Kind. Bulimisch, würde man ihn heute nennen. Auf dem Schafott noch hatte er ein gewaltiges Embonpoint.«

»Ein was?«, sagt Karla.

»Eine Wampe«, sagt Sibylle.

»Zu deutsch: die letzten Tage, in denen wir sie zeigen, war Marie Antoinette abgemagert?« Korinna klingt erleichtert.

»Wie schön«, flötet Karla. »Ihr könnt euch diese Mastkur à la de Niro sparen, der sich all die armen Irren aussetzen, die meinen, sie könnten dann spielen wie er.«

»Aber sie hat ja angeblich über Nacht weiße Haare bekommen, als sie im Januar ihren Mann geköpft haben, oder?«

»Nein. Dieses Übernachtweißwerden ist eine Legende.« Barbara setzt ihre Brille so auf, dass sie direkt vor den Augen sitzt – Halbbrillen auf der Nasenspitze haben etwas Besserwisserisches, hat Rita ihr eingeschärft. »Dass jemand sehr schnell weiß zu werden scheint, hängt damit zusammen, dass bei einer bestimmten Erkrankung – *alopecia areata* nennt sie sich – vorzugsweise die pigmentierten Haare ausfallen und die weißen stehen bleiben. Aber das Weißwerden fängt bei der Wurzel an.«

»Das heißt, bei ihren langen Haaren hat das komplette Weißwerden eineinhalb Jahre gebraucht?«

»Mein Gott, Jenny, du hast ja ungeahnte Qualitäten«, kommt es von Korinna. »Friseure sind bei uns in Berlin die einzigen, die noch Zuwachsraten haben. Nichts wie hin.«

Barbara tackt wieder mit dem Bleistift. »Wäre eine Kuhglocke nicht besser, um hier ein Silentium zu kriegen?«, fragt Karla.

»1791 schon«, macht Barbara weiter, »berichten Zeitzeugen,

sie seien schockiert vom Anblick der verhärmten, weißhaarigen Königin gewesen.«

»Aber so, wie sie bei uns im Film auftritt, sieht man ihr doch noch an, dass sie mal schön war?« Jenny starrt, während sie redet, so auffällig von der Seite Korinnas lange, etwas zu scharfe Nase an, dass die anderen ihrem Blick folgen.

»Sie wurde von Augenzeugen aus dem Gefängnis als ›deformiertes Gespenst‹ beschrieben«, sagt Barbara. »Und ihren berühmten schwebenden, eleganten Gang hatte sie auch eingebüßt. Begreiflicherweise.«

Korinna dreht sich um und sieht Barbara an. »Auf das Schafott soll sie aber gesprungen sein wie ein junges Mädchen, obwohl ihre Hände auf dem Rücken zusammengeschnürt waren.«

»Ja, sie hatte sogar so viel Schwung, dass sie dem Henker dabei auf den Fuß stieg.«

»Was für Schuhe hatte sie denn an?« Karla schaut strafend auf die breiten Mokassins von Barbara.

»… Pumps mit hohem Absatz, in Pflaumenblau!«

»… zum weißen Kleid!«, ächzt Karla. »Pflaumenblaue Schuhe zum weißen Kleid! Und diese Frau war mal Trendsetterin in Paris. Ich fasse es nicht.«

»… und sie hat sich dafür entschuldigt«, sagt Korinna mit hartem Blick auf Karla.

»Für die Schuhe?«

»Nein, für den Fehltritt, weil sie Stil besaß, der nichts mit Schwuchtelstyling zu tun hatte«, kommt es von Korinna.

»Oh, wie entzückend.« Karla strahlt. »Da entpuppt sich ja eine real existierende Sozialistin a. D. als Monarchistin. Aber werte Frau Professor« – er wendet sich zu Barbara – »sie hatten doch etwas viel Schöneres versprochen, als dieses Gelaber über eine schlechte Figur, schlechte Haut und fehlendes Styling.«

»Nämlich?«

»Da war doch von Obszönitäten die Rede …«.

»Das hat mit den Äußerlichkeiten sehr viel zu tun.« Barbara klappt ihre Mappe zu. »Gerade attraktive Frauen provozieren ständig Unterstellungen, Neid und Ausfälligkeiten. Sogar bei ihren Geschlechtsgenossinnen.«

»Ach wirklich?«, sagt Karla und lässt seine Blick von Korinna über Jenny zu Nicole schweifen. »Aber was ist mit den pornographischen Pamphleten? Dazu muss ich doch nicht wissen, wie fett der König war und wie mehr oder weniger heiß seine Alte.«

»Auch das«, sagt Barbara und steht auf, »spielt eine Rolle für die pornographischen Verleumdungen, auf die Sie offenbar solchen Appetit haben wie der König auf Haxen vom Schwein … dem er nicht unähnlich sah.«

»Man ist, was man isst«, sagt Jenny. »Was essen Sie denn gern?«

»Gans«, sagt Barbara kühl. »Nicht zu jung, nicht zu fett. Marie Antoinette bevorzugte Ente …«

»Ich verstehe, der Fettsteiß«, sagt Karla.

»Aber«, redet Barbara weiter, »bevor wir zu diesem ganzen Komplex von … von …«

»Schweinkram?«, bietet Karla an.

»… zu diesem … Komplex kommen, brauche ich etwas in den Magen. Gehen wir zur ›Alpenrose‹? Es müssen keine fünf Zwischengerichte sein.«

»Vorausblickend.« Karla reicht Barbara den Arm. »Sie wollen nicht mit Wampe verenden.«

4. Unterhaltung

Als die anderen allmählich aus dem Mittagsschlaf auf der Wiese erwachen – das Sedativum in Proseccoflaschen hat gewirkt – steht Nicole, blass, gepudert, Rouge auf den Wangen in einem naturweißen Musselinkleid auf dem Balkon. Auf dem Kopf trägt sie einen Strohhut mit pastellfarbenen Federn, an den Ohren, an den Handgelenken und Fingern glitzert es.

Sibylle hat sich bereits aufgesetzt und sieht sie zuerst. »Ich ahne«, stöhnt sie.

Barbara stemmt mühsam den Kopf hoch. »Was ahnst du?« Sie sieht Nicole. »Oh Gott, ich auch. Missverstandenes *method acting.*«

Karla, Rita, Jenny und Korinna starren nun alle zum Balkon.

»Warum Akt?« Karla runzelt die Stirn. »Sie hat doch was an.«

»Zuviel«, seufzt Sibylle und steht mühsam auf. »Sie trägt genau das, was als Lieblingsoutfit der Königin berühmt war. Locker und lässig, aber schweineteuer. Und dazu *a girls best friends.* Gehen wir.« Sie setzt sich, Rita im Schlepptau, in Bewegung auf Nicole zu. Die stellt sich ihr in den Weg, eine Reaktion fordernd. »Ja, ja ich verstehe schon«, haspelt Sibylle. »Sie haben sich das Kleid machen lassen, um sich einzufühlen in Marie Antoinette. *Don't show it, live it.*« Sie klingt angestrengt, zugleich gelangweilt und verschwindet im Haus.

Nicole redet an Rita hin. »Verstehen Sie, ich muss ein *feeling* dafür bekommen, was sie vorher auf der Haut hatte, bevor man ihr alles wegnahm bis auf das schwarze und das weiße Kleid. Ich habe mir drei Hüte und drei Kleider geleistet. Weil … ich meine: Damit meine Gefühle authentisch sind, muss ich die *vibrations* spüren, okay? Und das funktioniert einfach fantastisch.«

Die auf der Wiese sehen so aus, als wollten sie Nicole überhören. Sibylle kommt mit einem Korb voller Gläser und Salzstangen und einer Kühltasche aus dem Haus, als Nicole bühnenlautstark vom Balkon verkündet: »Ich muss fühlen, was in einer Frau vorgeht, die äußerlich herunterkommt.«

»… à propos Runterkommen«, sagt Sibylle und geht die Treppen hinunter, »machen wir doch hier auf der Wiese weiter.«

Barbara legt sich wieder zurück.

Nicole zieht aus dem Korb ein weißes Küchenhandtuch und legt es sich unter den Hintern. »War teurer, als man sieht.«

»Ich gehöre nicht zu den Blinden, *my dear*«, sagt Karla mit Seitenblick auf Barbara.

»Damit wären wir mittendrin – im Prozess.« Sibylle klingt entschlossen. »Aus dem Drehbuch sind Ihnen ja die vier zentralen Anklagepunkte bekannt: Verschwendung, die das Volk in den Hungertod getrieben hat, Landesverrat, Anstiftung des Königs zu einer menschenverachtenden Politik und sexueller Missbrauch eines …«

»Was?« Karla klatscht sich auf die Stirn. »Ich gebe zu, dass ich nur quer gelesen habe. Aber warum muss ich immer die schärfsten Stellen übersehen?« Er reibt seine Hände und schaut Barbara von unten her an. »Kommen wir jetzt endlich zum Thema?«

»Ich wollte eigentlich mit den politischen Vorwürfen anfangen und denen zur Verschwendungssucht.«

Karla schaut, als hätte ihm jemand seine Tüte mit Himbeereis auf die Straße geschlagen. Barbara legt ihre Hand auf seine. »Keine Angst, Karla, alle Beschuldigungen, die der Chefankläger und die Zeugen gegen Marie Antoinette vorbringen, haben einen obszönen Unterton. Auch und gerade die politischen.«

»Das ist tröstlich. Ich finde politische Diskussionen nämlich gähnend langweilig.« Karla rückt näher an Barbara. »Also, raus mit den politischen Schlüpfrigkeiten.«

»Fouqier-Tinville, der Chefankläger, beschuldigt Marie Antoinette, sie habe Landesverrat betrieben und hätte Frankreich am liebsten von der österreichischen Armee niedergewalzt gesehen. Neu ist der Vorwurf zu diesem Zeitpunkt nicht. Schon 1789 wurden Gerüchte in Umlauf gebracht, sie habe ihren Bruder in Wien um fünfzigtausend Soldaten angehauen.«

»Schlüpfrig wie Wollstrumpfhosen«, murmelt Karla.

»Und – hat sie?«, fragt Rita.

»Sie hat. Egal um wie viele. Sie hat zwar 1789 noch geschrieben …« – Barbara blättert. »›Trotz der unfreundlichen Dinge, die man mir angetan hat, hoffe ich, den gesunden, ehrlichen Teil der Bourgoisie und des Volkes zurückzugewinnen.‹ Aber wenig später hat sie dem Bruder und anderen gegenüber auch nachweislich die Franzosen im Ganzen beschimpft als eine viehische, brutale Meute.«

»Das reicht ja eigentlich«, sagt Rita.

»Hätte gereicht, war aber nicht nachweisbar, als ihr der Prozess gemacht wurde. Die Beweise dafür finden sich in Archiven in Wien und in Briefen an Axel von Fersen, auf den ich noch zu sprechen komme. Aber Fouqier-Tinville lagen sie nicht vor. Also musste die Anklage mit anderen Methoden als schlagenden Beweisen arbeiten. Und die beiden bewährtesten waren damals die Unterstellung von Verschwendungssucht und von einem völlig verhurten Charakter.«

Karla lächelt. »Vorurteile sind was Feines. Wenn sie erst mal da sind, braucht es nur ein paar Tropfen Bestätigung und schon stehen sie steif und fest.«

Nicole schaut angewidert. »Das ist ja *disgusting*. Ekelhaft. Widerwärtig. Untermenschen, die so etwas sagen.«

»Gehst du mit dem Gouvernator Arnold rosa Winkel in Kalifornien verteilen?«, sagt Jenny.

»Ich rede nicht von Schwulen, sondern von den Franzosen.« Nicole sprüht etwas Spucke beim Reden. »Das ist … ich meine: Das war ja ein perverses Volk. Kann ich eine Cola haben?«

»Die Franzosen?«, sagt Sibylle, während sie anfängt, Gläser zu verteilen. »Ich glaube, die Lust an der Pornographie und der Demontage mit sexuellen Vorwürfen kennt keine Grenzen, weder Sprachgrenzen noch Altersgrenzen, weder Landes- noch Standesgrenzen.« Sie reißt die Tüten mit den Salzstangen auf und reicht sie herum.

»Mich erinnert die Methode an die Affäre Clinton-Lewinsky«, sagt Rita. »Absicht war, ihn abzusägen. Weil er wirtschaftlich und politisch keine Angriffsfläche bot, hat man auf den Unterleib gezielt.«

»Und getroffen.« Korinna klingt zufrieden.

»Nur: Clinton hat es ja wirklich mit der Lewinsky getrieben.« Nicole schenkt sich Cola ein und leert das Glas in einem Zug. »Aber bei Marie Antoinette war das doch nur …«. Sie rülpst leise.

»Ob der Vorwurf nun stimmt oder nicht«, sagt Sibylle. »Entscheidend ist, dass bis heute zu sexuellen Beschuldigungen gegriffen wird, wenn echte Argumente fehlen.«

»Dann hatten die Zuhörer beim Prozess wenigstens gute Unterhaltung.« Karla wirkt zunehmend gelöster.

»Die waren«, sagt Barbara, »diesen Ton längst gewöhnt. Seit 1789 die völlige Pressefreiheit ausgerufen wurde, stand in den Boulevardblättern täglich etwas Charmantes über die voluminösen Kehrseiten …«

»… die fetten Ärsche«, sagt Karla.

»… ja also über die … der königlichen Familie, über ihre sexuellen Perversionen, über ihre hässlichen – Entschuldigung – geilen Körper und über ihre Verderbtheit.«

»Aber es fragt sich schon«, sagt Rita, lehnt sich, die Hände auf den Rasen gestützt, in der bewährten Pose zurück, die Lider halb geschlossen, »warum sich das Volk so pornographisch ausgedrückt hat. Üblicherweise verraten die Schimpfwörter doch, was verboten ist. Katholiken fluchen ›Herrgottsakrament‹, prüde Amis zischen *fuck it* …«

Nicole schenkt sich Cola nach: »Woher haben Sie eigentlich Ihre Vorstellungen von den USA? Von solchen Polemikern, die hier – leider mit Erfolg – auf einen Platz in der Bestsellerliste spekulieren, wenn sie nur den latenten Amerika-Hass schüren?«

»Im Prinzip stimmt das«, sagt Barbara.

»Was? Was stimmt?« Sibylle starrt sie an.

»Ich meine das, mit dem Schimpfwortschatz und den Tabus. Der Sex war zwar das einzige Vergnügen, das sich diejenigen, die in Paris in stinkenden, verwanzten Löchern hausten, leisten konnten. Aber das Pornographische zu zelebrieren, das war Sache der Reichen. Die haben aus der Pornographie einen Kult gemacht.«

»Aber warum bitte?« Nicole sieht sehr jung aus und ihr Gesicht sehr glatt.

»Aus Langeweile und aus Spaß daran, denen, die sie nicht mochten, in den Unterleib zu treten.«

»Und sie waren so dumm, die Armen merken zu lassen, was für ein obszönes Freizeitvergnügen sie hatten?«

»Ließ sich kaum vermeiden. Im sogenannten ›Hirschgarten‹ von Ludwig XV., einem Privat-Bordell, gab es fast nur minderjährige Kitze, und die meisten stammten aus den ärmsten Bevölkerungskreisen. Darüber wurde natürlich geredet. Genau wie über seinen Tod.«

»Hat er's denn noch auf dem Totenbett getrieben?« Jenny schaut Barbara groß an.

»Nein, aber angeblich hat er sich die Pocken von irgendeiner Zwölfjährigen beim Entjungfern geholt. Das war Stoff für jede Art Gerücht. Und diesen Stoff hat die Noblesse fleißig geliefert. Es war bekannt, dass die reichen Adligen ihre Haustheater besaßen, wo die Darsteller splitternackt auf offener Bühne …«

»Gefickt haben«, sagt Karla. »Ist in der Kühltasche Eis?«

»Danke. Ja. Und der hemmungslose Sex, am besten schwul, lesbisch oder inzestuös, die Orgie – das wurde einfach benutzt als Sinnbild für die Dekadenz der Monarchie.«

»Vernünftig«, sagt Jenny. »Sehr vernünftig.«

»Was reden Sie da?«, sagt Rita.

»Na, unter Dekadenz kann sich keiner was vorstellen, unter hemmungslosem Herumvögeln schon.«

»Geh nicht immer von dir aus, auch wenn du damit die Masse triffst.« Korinna sieht nicht Jenny an, sie mustert Nicole in ihrem Bühnenoutfit von oben bis unten, während sie redet. »Ich frage mich nur, warum sich Marie Antoinette so früh schon mit obszönen Beschimpfungen herumschlagen musste, dass sie es mit ihrem belämmerten Schwager Artois treibt, mit Dienern, Höflingen, Gästen, Freundinnen …«

Karla schaut Korinna an. »Verblüffende Sachkenntnis von feudalistischen Übeltätern – ich meine, für eine Ossi-Frau.«

»Wenn die offizielle Lektüre von Lenin stammt, sind Biographien über Könige die reine Freude. Trotzdem wüsste ich gern, warum über Marie Antoinette derart dreckig geredet wurde?«

»Weil Pornographie immer ein Ventil ist, wo man den Überdruck rauslassen kann.« Barbara greift sich ein Bündel Salzstangen, beißt es bis zur Hälfte ab. »Den Hass, die Verzweiflung, den Neid, in diesem Fall auch die Wut. Als Marie Thérèse, ihre Schwägerin, einen Sohn bekommen hatte, ist eine Gruppe von Pariser Fischweibern hinter Marie Antoinette her gerannt und hat ihr dringend empfohlen, sich endlich mal …« – sie schiebt den zweiten Teil der Salzstangen in den Mund und sagt kauend undeutlich – »… ich meine … von irgendwem …«

»…ordentlich durchficken zu lassen«, lächelt Jenny. »Aber worüber waren die wütend?«

»Dass die junge Österreicherin sich jeden Luxus gönnte, aber nicht mal ihre einzige Pflicht erfüllte. Das heißt: als Gebärmaschine nicht funktioniert hat. Während sie, die Fischweiber, vierzehn Stunden am Tag geschuftet und zwischen stinkenden Fässern noch Kinder auf die Welt gebracht haben … Aber ich wollte eigentlich von ihrem Kaufrausch reden, weil …« Sie reißt die zweite Tüte Gebäck auf.

Nicole rückt den Hut gerade. »… sie mir dieselben Motive unterstellen wollen. Es ist wirklich fantastisch. Wer von *method acting* nichts versteht, sollte besser den Mund halten. Also: war Marie Antoinette denn nun verschwendungssüchtig oder war das auch wieder nur eine Unterstellung?«

»Mit achtzehn, neunzehn hat sie das Geld mit vollen Händen rausgeschmissen.« Barbara nimmt ihre Mappe aus dem Gras, legt sie auf die Knie und klappt sie auf. »Ende 1774 Anfang 1775 nahm ihr Kaufrausch bedrohliche Ausmaße an. Rose Bertin hatte sie fest im Griff.«

»War das ihr kesser Vater?«, fragt Karla.

»Nein, das war eine kleine, vom Ehrgeiz besessene Schneiderin, die durch Marie Antoinette zur Chefdesignerin aufgestiegen war und die Trends in Frankreich machte.«

»Davon können die Gucci-Prada-Escadas von heute nur träumen«, sagt Korinna. »Die Zeiten des Komplett-Stylings sind vorbei, Gottseidank.«

»Ach, euch verkleben noch immer Plaste und Elaste den Blick: Ich kenne nicht wenige Damen, die einen Kelly-Bag, das Stück für 3.600 €, in zwölf verschiedenen Farben besitzen und viele, die sehr traurig sind, dass es keine Slipeinlagen von Chanel gibt.«

»Aber dann«, redet Barbara weiter, »kam noch ein Tick für federgeschmückten Kopfputz dazu und für Diamanten. Innerhalb von wenigen Monaten hat sie sich Klunker für fast eine Million Livres zugelegt – davon hätte man in derselben Zeitspanne ganz Paris ernähren können. Und damit man die Klunker auch sieht, wurden Galas inszeniert, die noch mal ein Vermögen verschlungen haben. Für ein paar Bälle in den ersten drei Monaten des Jahres 1775 hat sie über hunderttausend Livres auf den Kopf gehauen – ein Arbeiter in Paris hat zwei Livres am Tag gekriegt.«

»Und der König hat mitgemacht?«, fragt Korinna. »Ich dachte, der war ein Event-Muffel, der sich im Wald herumgetrieben hat, auf Baustellen gemörtelt oder in seiner Schlosserwerkstatt gelötet und geschmiedet.«

»Schon, er war nicht eben ein Draufgänger, er war …«

»… eine Lusche«, sagt Sibylle.

»Danke, ja. Ihm saß sein Finanzminister im Ohr – Turgot, ein sparsamer Typ, der auch mitbekam, wie aggressiv und mordlüstern die Verschwendungssucht von Marie Antoinette die Leute gemacht hat. Der König hat auch brav Kürzungen angeordnet, aber auf seine Frau hatte er so viel Einfluss wie der UNO-Vorsitzende auf …«

»Sagen Sie jetzt bloß nicht: den amerikanischen Präsidenten.« Nicole nimmt den Hut ab, legt ihn auf die Knie und kratzt sich ausgiebig am Kopf.

»Wie könnte ich!«, sagt Barbara. »Ich befürchte, Sie haben ein Vorurteil gegenüber den Vorurteilen der Europäer. Die Franzosen hatten jedenfalls eines gegen die Königin, denn auf seine Brüder hatte der König genauso wenig Einfluss. Marie Antoinette hat allein für ihren und Ludwigs Haushalt ein Vermögen verschlissen. Aber die Grafen Provence und Artois haben für ihr Privatleben mehr als das Doppelte, fast das Dreifache verprasst.«

»Aber wofür denn das?«, sagt Korinna. »Die haben doch eh wie die Maden im Speck gelebt.«

»Schon, aber als eitle Maden. Der fette Provence fand, dass ihm nur diamantenbesetzte Anzüge stehen und Artois brauchte dringend 365 Paar Schuhe, um jedesmal wenn er beim Zocken oder Wetten wieder ein Vermögen verspielt hatte, einen neuen Auftritt zu haben. Aber nur bei der Königin hieß es sofort, sie habe den Daumen auf ihrem Mann, weil das damals dem Klischee von den Frauen ganz oben entsprach.« Barbara packt die um ihre Beine streichende Katze und setzt sie zwischen sich und Karla.

Karla rückt ab und klopft imaginären Schmutz von seinem Hosenbein. »Ich dachte, damals wäre die Welt noch in Ordnung gewesen und die Kerle hätten lungernde Muschis abgeknallt und ihre Tussis an der Kandare gehabt.« Er zieht ein großes Taschentuch aus Batist heraus, legt es auf seine Oberschenkel und beginnt, seine Nägel zu feilen.

»Vielleicht«, sagt Barbara, »sollten Sie mal an Ihren Geschichtskenntnissen feilen. Die Macht der Männer über die Frauen war in Frankreich im Rokoko so weit geschrumpft …«

»Och, sagen Sie doch nicht so was Unappetitliches.« Karla feilt konzentriert.

»… dass manche von einem ›Jahrhundert der Frauen‹ und von ›Weiberherrschaft‹ geredet haben. Geschickte Frauen nahmen es einfach in die Hand, Männer dorthin zu bringen, wo sie sie haben wollten.«

»Also liebe Frau Professor, pornographisch ist bisher leider nur Ihre Ausdrucksweise.«

»Nein, das waren die nackten Tatsachen: Die Pompadour regierte über Ludwig XV., und sie dirigierte, nachdem ihre Reize abschlafften, als – gewissermaßen … oberste Kupplerin weiterhin sein Sexualleben. Nebenbei natürlich auch seine politischen Entscheidungen …«

»Aber als Marie Antoinette antanzte, war doch längst die Dubarry dran …«, sagt Rita.

»Die führte ihn genauso am Schwanz herum«, sagt Korinna, zieht den Reißverschluss an der Kühltasche auf und holt sich ein Eis am Stiel heraus

»Und die Königin hat den König …?« Jenny blickt interessiert.

»Nein, eben nicht. Machtgelüste hatte Marie Antoinette ursprünglich keine und sexuelle Macht über ihren Mann schon gar nicht.«

»War sie so miserabel im Bett?« Jenny sieht zu, wie Korinna von ihrem Eis abbeißt, nimmt sich ebenfalls eines, entblättert es auffällig achtsam und beginnt, daran zu lutschen. »Ich meine, ungeschickt zu sein ist natürlich für eine Frau immer schlecht. Und in so einer Position …«

»Wenn sie so schlecht war«, nuschelt Karla, »kannte sie nur eine.«

Barbara reagiert nicht auf den Einwurf. »Der Grund für Marie Antoinettes Kaufrausch war der sexuelle Frust. Wie das ja meistens der Fall ist.«

»Das sagen zumindest die Freizeitpsychologen. Und was mich angeht …« Nicole nimmt den Hut und setzt ihn wieder auf, »dass ich *Shopping* fantastisch finde, hat nichts mit Kaufrausch zu tun und schon gar nichts mit Sexualneurosen.«

»Aber waren das nicht Sie« – Rita hat sich zu Nicole gebeugt und bemüht sich, leise zu sprechen –, »die beim Ladendiebstahl einer halben Kollektion erwischt wurde, als die Klatschpresse meldete, zwischen Ihrem Mann und Ihnen sei sexuell tote Hose und er habe eine Vorliebe für ganz, ganz junge …?«

Nicole steht auf, fällt beinahe über ihr Kleid und baut sich vor Rita auf. »Das war infame Verleumdung. Die Wahrheit ist …« Sibylle steht auf, legt den Arm um sie und drückt sie wieder auf ihr Handtuch.

»Dann«, sagt Barbara, »müssten Sie größtes Verständnis haben für Marie Antoinette. Sie war achtzehn und noch kein Jahr Königin, als die sexuellen Verleumdungen spektakulär wurden. Schon als 1776 ihr Lieblingsbruder Ferdinand zu Besuch kam, war es ihr, wie sie gesagt hat ›ein Horror‹, dass er überall auf pornographische Pamphlete gegen seine angeblich verhurte, gottlos verschwendungssüchtige Schwester traf. Die lagen auf den Fensterbänken, auf den Schreibtischen, unter den Servietten …«

Karla poliert die Nägel mit einem Saffianlederkissen. »Also Klartext: Wollte der alte Sack nicht oder war sie schlecht im Bett?«

»Der alte Sack war sechzehn«, sagt Barbara streng, »als er in der Hochzeitsnacht vollgefressen und mehr als angetrunken neben ihr im Bett landete, ebenso angestrengt wie erfolglos versuchte, sie zu entjungfern und dann schnarchend neben ihr einschlief. Aber dass volle sieben Jahre lang nichts lief, hatte andere Gründe.«

Barbara sieht um sich in leuchtende Augen und gespannte Gesichter, nur Korinna zieht die Brauen zusammen: »Schieben Sie jetzt bloß nicht wieder alles auf die Königin.« Korinna umklammert ihre Knie. »Das wäre schon eine gemein eingeengte Sichtweise.«

»Nein, verengt war nur eins: die Vorhaut des Königs. Er hatte eine Phimose und konnte nicht ejakulieren.«

Karla blickt auf und lässt die Hand mit dem Nagelkissen fallen. »Ich fasse es nicht – wie blöd waren die denn. Oder war der Kerl so wehleidig? Phimose Mimose. Kleiner Schnitt, fertig.« Er beginnt, einen Nagelhärter aufzutragen.

»Wundert mich offen gestanden auch«, sagt Rita. »Da heißt es immer, das späte Achtzehnte sei völlig sexbesessen gewesen. Im Vorschulalter aufgeklärt. Aber nachdem die Königin schließlich Kinder gekriegt hat, müssen sie ja in irgendeiner Sexualberatung gewesen sein.«

»Genau, und zwar bei Joseph II., Marie Antoinettes Bruder, wenig später Kaiser von Österreich-Ungarn, der in Versailles mal nach dem Rechten sah.«

»War das nicht dieser Mistkerl, der zu Mozart so gemein war? Und schuld daran, dass Mozart in ein Massengrab kam?« Nicole ordnet den gerüschten Ausschnitt ihres Musselinkleids. »Ich habe da im College mal einen Vortrag gehört.«

Barbara verdreht die Augen. »Also, was Mozart angeht …«

»… geht uns nichts an«, sagt Rita schnell. »Und die garantiert jugendfreien kaiserlichen Tipps zur ehelichen Hygiene ersparen Sie uns bitte auch, Frau Professor. Was ist passiert?«

»Darf *ich* den Brief vorlesen?« Sibylle biegt sich zur Seite und greift in Barbaras Mappe. »Joseph aus Versailles an seinen Bruder Leopold über den Schwager Ludwig: ›Das Geheimnis liegt im Ehebett. Er hat ausgezeichnete Erektionen, führt sein Glied ein, verharrt dort regungslos vielleicht zwei Minuten lang, und ohne sich zu ergießen zieht er sein noch immer aufrecht stehendes Glied zurück und dreht sich weg, um zu schlafen. Das Ganze ist unbegreiflich, da er manchmal feuchte Träume hat. Er ist völlig zufrieden und gibt offen zu, dass er den Akt nur als Pflichterfüllung betrachtet und keinerlei Vergnügen daran findet. Wenn ich nur einmal dabei gewesen wäre, ich hätte es ihm schon beigebracht. Man sollte ihn auspeitschen wie einen Esel, damit er seine Sauce herauslässt.‹«

Stille.

»… ich kann nicht glauben, dass Royals solche Briefe schreiben.« Nicole ist rot angelaufen.

»Heute reden sie über ihre feuchten Träume sogar am Telefon. Was sehr unvorsichtig ist«, sagt Rita.

»Also ich finde das abstoßend.« Nicole zieht ihren Ausschnitt nach oben.

»Warum? Sind Ihnen trockene Aristokraten lieber?« Sibylle gießt sich Wasser nach. »Dann muss Ihnen das ganze späte französische Achtzehnte widerwärtig sein, also auch die Rolle der Marie Antoinette.«

»So habe ich das nicht gemeint.« Nicole zieht den Ausschnitt wieder nach unten, so weit es geht.

Barbara verkneift sich ein Grinsen. »Joseph lästert in seinen Briefen an den Bruder ungeniert über ›die beiden kompletten Trottel‹, denn auch wenn er versteht, dass sein dauernd schwitzender, fetter Schwager, den er ›ein nasses Stück Fisch‹ nennt, sexuell nicht eben appetitanregend ist, kreidet er es seiner Schwester an, dass sie offenbar wie tot im Bett liegt und keine der Frauen, die ihr nahe stehen – Madame Campan, zum Beispiel – mal um Rat gefragt hat. Und mit ihrer Mutter hat sie nur über die ›Generalin Krottendorf‹ korrespondiert. So nannte Maria Theresia die Menstruation.«

»Oh Gott, kommt mir so was bekannt vor. Meine Mutter sagte zu dem Schwanz meines Bruders Schniedelwutz, zu meinem Schamhügel vorderer Popo und auf dem Waschlappen für Hintern und Geschlechtsorgane stand: ›Unteres Gesicht‹. Siebziger Jahre, 20. Jahrhundert, bitte.« Korinna lächelt mit den Mundwinkeln nach unten.

»Also«, japst Jenny, »ich kann mir kaum vorstellen, dass so eine Frau Kinder haben kann, die offen über Sex reden.«

»Das, liebe Jenny, zeigt die Beschränktheit deiner Vorstellungskraft. Oder findest du die Söhne von Queen Elizabeth sexuell gehemmt?«

»Ich muss schon bitten«, sagt Barbara. »Wir sitzen hier nicht in der Redaktion einer Klatschzeitung. Und die Parallelen allzu weit zu ziehen, wäre ungerecht. Denn Kaiserin Maria Theresia, die von ihrem angehimmelten Ehemann betrogen wurde nach Strich …«

»Was wissen Sie über Prinz Philipp?«, sagt Karla. »Wenn die Alte frustriert ist, hat ihr Kerl immer damit zu tun.«

»… also Maria Theresia hat ihre Wut auf ihren Alten damit kompensiert, dass jede Art von außerehelichem Sex streng verfolgt wurde, mit Spitzeln und einer 500-köpfigen Polizeitruppe.«

»Das gab's ja nicht mal unter unserem Honey Erich«, sagt Korinna. »Aber hatte der Sohn denn eine Sondergenehmigung?«

»Den musste sie wohl machen lassen, weil sie daran schuld

war, dass es bei ihm mit ehelichem Sex nichts war – sie hat ihm die Frauen ausgesucht und aufgezwungen. Seine erste Frau, Isabella von Parma, war nicht nur schizophren, sondern auch lesbisch, und die zweite, die ihm, nach Isabellas Tod, von Maria Theresia aufgezwungen wurde, war ein lebendes Verhütungsmittel. Josefa von Bayern.«

»Warum? Zog sie die Lederhosen nicht aus?« Karla sitzt mit durchgedrückten Kreuz und ausgespreizten Fingern da und pustet sich auf die Nägel.

»Nein, aber sie trug Pickel vom Scheitel bis zur Sohle und Joseph meinte, er sei durchaus willig, ihr ein Kind zu machen, wenn er irgendeinen winzigen unverpickelten Berührungspunkt fände.«

»Und? Hat er ihn gefunden?«

»Offenbar nicht. Er hat sich das, was er brauchte, bei Frauen ohne Pickel, ohne Adel und Ansprüche geholt, die ungeniert zur Sache kamen.«

Karla wirft den Kopf in den Nacken. »Großartig. Es hätten ja nicht unbedingt Frauen sein müssen, aber ein asketischer Sparsamkeits-Kaiser mit Bordell-Erfahrungen – Klasse. Ich frage mich nur eins: Hat ihm Ludwig denn seine Intimteile zur Inspektion vorgelegt?«

»Kann sein, muss aber nicht«, sagt Barbara und prüft, ob ihre Wangen glühen. »Denn es war nicht Joseph, der dahinter kam, dass sein Schwager eine Phimose hatte, sondern lange vorher der spanische Botschafter. Der hat den Verdacht auf Phimose schon kurz nach der Hochzeitsnacht geäußert, als Ludwig in sein Tagebuch schrieb: ›Nichts‹.«

»Und warum hat der Schlappschwanz so lange nichts unternommen?«, wundert sich Korinna.

»Weil er panische Angst vor dem Messer gehabt hat.«

»Und warum hat es dann Joseph geschafft, seinem Schwager Feuer unter den Hintern zu machen?«

»Weil ihm klar war, dass es pressiert. Dass seine Schwester als nutzlos ausrangiert werden würde, wenn sie nicht bald einen Bauch kriegte. Und weil der König um seinen Ruf besorgt war. Er sei völlig impotent, hieß es. Und die Königin seit Jahren in fremden Betten unterwegs.«

»Zu Recht?«, fragt Jenny.

»Nach Josephs Ansicht völlig zu Unrecht. Seinem Bruder hat er vermeldet, Marie Antoinettes Tugendhaftigkeit sei unberührt, und sie achte sehr darauf.« Barbara krault die Katze, und Rosa schnurrt, Karla wirft einen Blick auf das Tier und sagt unwirsch: »Und was schließen wir daraus?«

Korinna ist aufgestanden und setzt sich in die Lücke zwischen Karla und Barbara.

»... dass Marie Antoinette geschickt war«, sagt Barbara. »Denn sie hatte aller Wahrscheinlichkeit nach zu diesem Zeitpunkt längst ein sexuelles oder zumindest erotisches Verhältnis mit einem international hoch gehandelten Frauenschwarm aus Schweden. Er hieß Alexander von Fersen und hatte der siebzehnjährigen Dauphine bereits auf einem Maskenball derart imponiert, dass sie sich zu erkennen gab. Sie fand, er sei ›schön wie ein Engel‹ – also das Gegenteil von ihrem fetten, schwitzenden Mann mit seinem fliehenden Kinn und diesem Mund, der mehr nach Bratensauce als nach Küssen aussah.«

»Wie sah der Engel denn aus?« Jenny ist ebenfalls näher zu Barbara gerückt.

»Intensiv blaue Augen, lange, seidige schwarze Wimpern, lange schlanke, muskulöse Oberschenkel ...«

Karla jault auf. »Mein Gott, warum hat der sich an Weiber verplempert? Was wollte er denn von der Königin?«

»Auch bei Frauen macht Macht sexy«, sagt Siyblle. »Seit ich meinen Oscar habe, kann ich mich vor Bewerbern kaum retten. Größtenteils angehende Regisseure oder Filmschauspieler.«

Barbara wirft einen unwirschen Blick auf Sibylle. »Nur, dass für Fersen bei der Königin wenig zu holen war. Er war, auch wenn das den hier Anwesenden schwer verstehbar ist, offenbar in sie verliebt. Nachdem er seine ›Grand Tour‹, die europäische Pflicht-Bildungsreise für höhere Söhne, hinter sich hatte, kam er wieder nach Versailles, haute dann aber bald für drei Jahre nach Nordamerika ab – Flucht vor seinen Gefühlen, wer weiß –, und als er dann zurückkam, wurde er wohl intim mit Marie Antoinette, obwohl sie fand, äußerlich sei er in den drei Jahren um zehn Jahre gealtert, und er nicht übersehen konnte, dass sie mittlerweile einige Pfunde zuviel auf den Knochen hatte.«

»Das heißt: diese Pamphletisten haben zu Recht behauptet, sie hure herum?« Nicole wirkt zufrieden.

»Wenn ein Liebesverhältnis neben einem aufgezwungenen Ehemann für Sie den Tatbestand des Herumhurens erfüllt, ja. Stellen Sie sich vor, man hätte Sie mit vierzehn mit … sagen wir mal Omar Hassan, Regierungschef des Sudan, verheiratet, und dann käme Brad Pitt vorbei …«.

»Also bitte, ja! Das ist ja monströs!« Nicole ist aufgestanden und hat sich vor Barbara aufgebaut. »Erstens ist dieser Omar Hassan schwarz und Chef eines Schurkenstaats und …«

»Okay, lassen wir das«, sagt Sibylle. »Sicher ist, dass Fersen mit der Königin nicht nur eine sexuelle Affäre hatte, denn er wollte offenbar ihretwegen nicht heiraten. Barbara, hast du was dazu?«

»Er war heilfroh, als zwei Damen, die für ihn als Ehefrauen vorgesehen waren, die Geduld verloren und einen anderen nahmen. Und Fersen hat seiner Schwester klipp und klar erklärt … einen Moment, da ist es: ›Da ich der einzigen, der ich angehören möchte und die mich wirklich liebt, nicht angehören kann, will ich niemandem angehören.‹«

Sie sieht, dass Korinna ins Gras starrt.

»Was ihn freilich nicht daran gehindert hat«, ergänzt Barbara, »andere Affären nebenbei zu haben, denn offenbar konnte er seinen sexuellen Appetit bei Antoinette nicht stillen. Vielleicht wollte er auch vermeiden, dass zu viele Mutmaßungen über einen derart gut aussehenden Mann angestellt wurden, der ohne Frau durchs Leben und vor allem durch die Hintertüren von Versailles geistert. Aber kommen wir zu unserem Thema zurück – zur Pornographie.«

»Na endlich«, seufzt Karla. »Wird einem fast übel bei diesem Gesülze. Ob sie mit dem Kerl gepimpert hat oder nicht, ist doch eigentlich egal, was?«

Barbara nickt. »Richtig. Es ging nicht darum, ob die pornographischen Verleumdungen einen wahren Kern hatten oder nicht. Es ging darum, dass sie gut ankamen.«

»Die Typen hätten auch ein Boulevardblatt machen können, was?«, sagt Korinna.

Barbara reagiert nicht. »Und am besten kam eben alles Homosexuelle an.«

»Verstehe ich nicht«, sagt Jenny.

»Schön für uns«, sagt Karla verbittert. »Ich verstehe es leider. Schwule und Lesben vermehren sich nicht, also sind sie Schmarotzer des Staats und betreiben Sex nur zum eigenen Vergnügen. So was findet der Papst eklig und ein reaktionärer Präsident auch. Wenn die Wirtschaft so wenig wächst wie die Bevölkerung, bringt es Stimmen, auf die Homos zu pissen, nicht wahr, Nicole?«

»Ich heiße nicht Bush, sondern Glass. Aber ich bin christlich erzogen und in Moses, Leviticus steht, dass Homosexualität Gott ein Gräuel ist.«

Barbara blickt sie milde an. »Aber Sie haben doch, wenn ich das richtig sehe, Bänder und Paspeln aus Polyester an ihr Musselinkleid nähen lassen. Und Frauen, die Kleider aus zweierlei Stoffen tragen, müssen gesteinigt werden. Steht auch in Leviticus. Ich glaube, den lassen wir besser beiseite.«

»Und was hat das ganze Lesben-Gequatsche mit Verschwendung zu tun?«, fragt Korinna.

»Mich würde interessieren, ob es denn irgendwelche Anhaltspunkte dafür gab, dass die Königin lesbisch war.« Jenny drückt Sonnencreme aus einer Tube und schmiert sich das Dekolleté ein.

»Seit wann brauchen pornographische Verleumdungen Anhaltspunkte?«, sagt Sibylle. »Gerüchte brauchen doch auch keine konkrete Ursache.«

»... aber sie tun sich leichter«, sagt Barbara. »Und Marie Antoinette hatte enge Freundinnen, die sie mit satten Privilegien ausstattete, vor allem die Lamballe und die Polignac. Die Lamballe bekam ein Sensationsgehalt für ihre völlig überflüssige Stelle als Superintendentin und sorgte dafür, dass ihr Bruder ebenfalls lebte wie ein König. Und wer nur irgendwie zum Zirkel der Polignac gehörte, wurde zugedeckt mit Leibrenten, Ämtern, Geschenken, Titeln, Empfehlungen. Yolandes Ehemann wurde zum Herzog ernannt und hat seinen Job bei Hof dazu verwendet, die königliche Schatzkammer als Selbstbedienungsladen zu benutzen.«

»Du hast recht, Sibylle. Wirklich ganz moderne Sitten und Gebräuche«, sagt Rita. »Aber hat irgendwer juristisch etwas dagegen unternommen?

»Nein, pornographisch. Das brachte mehr. Und dass Yolandes Mann hauptberuflich fremdging und der von Princesse Lamballe an der Syphilis starb, als sie gerade 19 war, das passte ins Konzept. Was nicht ins Konzept passte – Yolande war die Mätresse vom beliebtesten Playboy in Paris – kehrte man unters Sofa.«

»Und was haben die Pornoheftchen verbreitet?« Auch Jenny steht nun das historische Interesse in den leuchtenden Augen.

»Was die Leute lesen wollten: Es hieß, die Königin treibe es mit allen beiden und außerdem sei Yolande eine Art Zuhälterin, die Marie Antoinette mit weiblichem Frischfleisch versorge. Das war eben das Pompadour-Muster. Die hatte Ludwig XV. jahrelang minderjähriges Entjungferungsmaterial geliefert. Und die Pornographie bedient sich meistens altbekannter Vorlagen.«

»Siehe Irak«, sagt Korinna. »Dort wurden nackte Menschen an Hundeleinen geführt und mussten aus Näpfen und Kloschüsseln fressen. Ich traue den GIs dort zwar nicht zu, dass sie de Sade gelesen haben, aber ›Die 120 Tage von Sodom‹ gibt's ja als DVD.«

Nicole steht da. Sie ist schweißfeucht und zittert.

»Fehlt Ihnen was?«, fragt Karla und streckt ihr seine Nagelfeile entgegen.

Als sie auf Korinna losgeht, Sibylle sich dazwischenwirft und alle drei auf der Wiese miteinander ringen, hört keiner, dass es im Hintergrund leise klickt.

5. Unterhaltung

Der Duft von frisch gemähten Wiesen, Lindenblüten und Mist vereinigt sich mit dem von Toastbrot. Beethovens ›Pastorale‹ tönt aus den Boxen.

»Und du meinst, das wirkt?« Rita kommt im Jogginganzug verschwitzt herein und sieht Sibylle beim Tischdecken zu. »Die haben sich doch derart ineinander verbissen …«

»Das harmoniert durchaus mit dem Thema.«

»Aber wie soll das weitergehen?«

»Wider Erwarten«, sagt Karla, der hinter einer Parfumwolke die Essküche betritt, »scheint es keinesfalls öde zu werden. Es kann sogar passieren, dass dich, liebe Sibylle, deine eigenen Stars erledigen.«

Sibylle zuckt die Achseln. »*Friendly Fire.* Kommt neuerdings immer häufiger vor.«

Nicole kommt herein. Sie ist blass, trägt rote Jeans und einen orangefarbenen Cashmere-Pullover. »Was ist das?« Sie bleibt stehen.

»Beethoven«, sagt Sibylle und stellt eine Champagnerflasche in den Kühler auf dem Esstisch. »Sechste Sinfonie.«

»Ich meine den Geruch.«

»*Time for Peace*«, sagt Karla und riecht an seinem Handgelenk.

»Wollen Sie schon wieder von gestern reden?«

»Nein, von Kenzo. Schön, dass er das Zeugs so genannt hat. Man sollte es weltweit verbreiten.«

»Vielleicht mit dem *Daisy Cutter*?« Korinna betritt mit nassen Haaren die Essküche.

»Was redet ihr da?« Jenny erscheint, geföhnt, geschmückt und geschminkt. »Ich liebe Gänseblümchen. Da haben wir uns immer Kränze draus geflochten, früher, im Garten meiner Eltern.«

»Und der böse *Daisy Cutter* macht jetzt alle kaputt.« Korinna strahlt. »Dabei hat er gar nichts gegen Gänseblümchen, nur gegen Menschen. Die echte Bombenidee ist so groß wie ein Mittelklassewagen, wiegt an die sieben Tonnen und lässt nichts übrig. Nicht mal eine Blattlaus.« Sie räkelt sich. »Ach, die amerikanischen Militärs sind immer voller Poesie.«

Barbara kommt herein, hört Korinna, sieht Nicoles Gesicht. Sie redet ungewohnt laut: »Die französischen Revolutionäre waren auch nicht schlecht. Der Ausdruck ›Wohlfahrtsausschuss‹ für ein Komitee, das täglich die Köpfe rollen ließ, war genauso herzig wie der Name ›großer Gleichmacher‹ für die Guillotine. Wenn einer unter das Fallbeil kam, hieß es, er wolle die warme Hand schütteln und …«

»… und den elektrischen Stuhl nennen die Amis *Old Sparky*.« Korinnas Kinn verheißt keine Nachgiebigkeit.

»Ich will das Ganze heute mal anders angehen.« Sibylle setzt sich an den Tisch und öffnet eine Champagnerflasche.

»Dann schauen wir mal.« Karla beäugt das Etikett der Flasche. »Gab es in der Conciergerie eigentlich Schampus zur Henkersmahlzeit? Ich meine, die meisten Insassen waren so was ja gewöhnt …«

»Aber es konnten sich nur die wenigsten leisten – ob schon immer arm, geplündert, ausgeraubt oder enteignet wie zum Beispiel Marie Antoinette.«

»Was? Mussten die sich die Henkersmahlzeit selber finanzieren?« Nicole setzt sich an den Tisch. »*Das* finde ich nun wirklich … obszön.«

»In China müssen die Familienangehörigen die Kugel bezahlen, mit der ein Delinquent erschossen wird.« Sibylle versucht, sachlich zu klingen. Barbara, die sich vom Lachskaviar und der Crème fraîche bereits bedient hat, scheint von der Diskussion nichts wahrzunehmen. Unbeirrt essend redet sie weiter. »Der Herzog von Orléans oder der Herzog von Biron ließen sich Austern mit Weißwein servieren, Marie Antoinette würgte nur ein, zwei Löffel von einer Hühnerbouillon hinunter, die ihr Rosalie aufdrängte, ein Landmädchen aus der Picardie, das sich um sie gekümmert hat. Aber verglichen mit den heutigen Gefangenen in den Todestrakten wurden die in der Conciergerie gut verpflegt. Gemüse, gekochtes Fleisch, Geflügel, auch mal eine Pastete. Und Marie Antoinette bekam auch noch Spenden – von königstreuen Händlern auf den Märkten. Dazu kriegte sie ihr bevorzugtes Mineralwasser aus Ville d'Avray. Sehr aufmerksam, finde ich.«

»Da ist es in Huntsville weniger komfortabel«, sagt Korinna. »Dort gibt's, habe ich gelesen, Kartoffeln, zu einem wässrigen Brei verkocht, Karotten und Mais als Matsch, Eier grün und von gummiartiger Konsistenz, Pizza aus schuhsohlenartigem Teigboden mit verschmierten Dosentomaten, unidentifizierbare Fantasiegerichte, die *Harmony* heißen und dazu als Getränk eine braune Brühe, die im Sommer lauwarm serviert wird, im Winter als Eistee mit Eiswürfeln und …«

»Aufhören«, wimmert Karla und umkrampft sein Champagnerglas. »Außerdem kommen wir vom Thema ab. Essen hat doch nichts mit Pornographie zu tun. Oder mit Obszönität.«

»Es sei denn, man ließe jemanden das, was ihm sein Gott verboten hat, aus Kloschüsseln fressen«, sagt Korinna.

Sibylle sieht es zuerst, dass Nicoles Wimperntusche übers Gesicht läuft. »Sie sind nicht gerecht, nur selbstgerecht«, sagt sie und schenkt allen Champagner ein. »Es ist kein Argument, dass sich Anti-Amerikanismus derzeit so gut verkauft wie Literatur über Mohammed und seine Anhänger. Und offen gestanden: Im internationalen Ländervergleich finde ich es sehr schwierig, die Siegespalme für die grässlichste Pornographie zu vergeben. Da lernt ein Land freudig vom anderen durch weltweit erhältliche Bildvorlagen.«

»Ja, das Netz ist etwas Feines«, lächelt Karla. »Dadurch sind sogar gratis deutsche Geschlechtsteile zum Dinner weltweit zu bekommen.«

»Danke«, sagt Nicole.

Karla wiehert, Sibylle, die neben ihm sitzt, tritt ihm auf den Fuß. »Eigentlich wollte ich heute von jedem meiner drei Stars wissen, warum sie die Rolle überhaupt reizt.«

»Mit dem Wort ›eigentlich‹ hast du dich zum Abschuss freigegeben«, zischt Karla. »Warum ist mir so wenig Schampus eingeschenkt worden?«

»Also, Nicole …?«

Nicole nestelt ihr langes Haar mit einem Gummiband zusammen. »Ich meine, bei Marie Antoinette denkt doch jeder zuerst an die Hinrichtung, oder? Bei mir hat das Interesse für die Rolle damit zu tun, ich meine: mit der Todesstrafe.«

»Sie haben sich doch immer dafür eingesetzt«, sagt Rita. »Ich erinnere mich noch an das schöne Interview, das Sie in Paris im Ritz gegeben haben. Wie war das noch mal? ›Der Gerichtsprozess und das Todesurteil sind genauso Teil der amerikanischen Kultur wie die Popmusik oder der Hollywoodfilm.‹ Stimmt das so? Ach ja, und dann haben Sie auch noch gesagt, dass ein Staat es sich nicht leisten könne, Verbrecher auf Kosten der guten Menschen durchzufüttern. Hat mich damals irritiert, denn die Häftlinge in den Todestrakten bringen es ja oft auf ein, zwei, manchmal drei Jahrzehnte Wartezeit. Der Geisteskranke, den sie vor zwei Wochen in Huntsville mit Giftspritze ermordet haben, war, glaube ich, auch immerhin 12 Jahre drin. Und die acht, die bis Mai vor ihm dran waren …«

Nicole richtet sich auf, sie hat den Tränenfluss abgestellt. »Ich gebe ja zu, dass ich mal dafür war. Aber jetzt bin ich dagegen. Schon seit drei Jahren bin ich dagegen, seit ich …«

»… in Tibet war«, feixt Karla.

»Nein, in South Carolina, bei einem Gala-Dinner. Da war ich Tischdame vom Dalai Lama … und seither …«

»Oh, fantastisch«, singt Karla.

»… lässt dein Mann seine Chinesinnen in Lagerhaltung nur noch Cashmeres in den einschlägigen Farben stricken?«

»Korinna!« Sibylle haut auf den Tisch, Gläser klirren und Bestecke scheppern. »Wenn Sie nicht sachlich sein können, verlassen Sie bitte die Runde. Dann sind Sie nicht geeignet …«

»So, wie ihr über die Amerikaner redet«, sagt Barbara, »so denkt ihr über die Juden.«

»Och«, sagt Karla, »ich finde, diese konsequente Unsachlichkeit prädestiniert sie geradezu. Es geht hier doch um Unterstellungen und Verleumdungen und auch der pornographische Ton …«

»Also weiter, Nicole: Warum wollen Sie die Rolle?«

»… ich habe gelesen, dass man, um wirklich ganz nach oben zu kommen, einmal ganz nach unten muss. Und ich habe nun einmal das Pech, nicht wie die Monroe oder die Hayworth und fast alle anderen …«

»… aus einer Familie von asozialen Alkoholikern zu kommen«, lächelt Korinna. »Ich persönlich verfüge über dieses Privileg.« Sie macht eine unterwürfige Geste in Richtung Sibylle. »Aber – ich habe schon wieder gesündigt.«

Nicole schaut müde. »Ich kann doch nichts dafür, dass ich aus einem reichen Haus stamme, dass meine Kindheit paradiesisch war, dass meine Mutter, die das Geld, die Firma und die Power hatte, meinen Vater, ihren Traummann, gegen den Willen ihrer Eltern durchgedrückt hat, dass er, auch wenn er fremdgegangen ist, immer für uns da war, dass ich sein Liebling gewesen bin.«

Barbara lässt das Besteck fallen und stiert auf Nicole. »Weiter, bitte.«

»Ich weiß, dass manche Zeitungen ... diese ganzen ...«

»Fotzenzeitungen«, sagt Karla liebevoll zu seinem Champagnerglas.

»... also dass die schreiben, ich sei in der Schule so ziemlich das Letzte gewesen. Hübsch, aber dumm und begriffsstutzig ...«

»Stimmt das?«, fragt Jenny. »Ich habe nämlich ein Abitur mit Einskommazwei gemacht.« Sie nimmt sich Lachskaviar und spießt die Körner einzeln auf.

»Ja, es stimmt.« Nicole hat die Hände in den Schoß gelegt, obwohl ein voller Teller auf sie wartet. »Und es stimmt auch, dass meine Mutter den Mann für mich ausgesucht hat und es stimmt auch, dass sie sich nur für ihn entschieden hat, weil klar war, welche Firma er erben würde – das wichtigste Konkurrenzunternehmen – und dass es ihr scheißegal war, wie er ausschaut und ob ich mit ihm glücklich werde, und es stimmt auch ...«

Nicole hat die Augen geschlossen. Ihre Lippen bewegen sich wie zwei rosa Raupen in ihrem Gesicht. »... dass er ein verklemmter Typ war, verfressen, verschwitzt, verhaltensgestört, den ganzen Tag am PC, einer, den ohne seine Kohle keine gewollt hätte. Es stimmt auch, dass wir in den ersten Ehejahren keinen Sex hatten und ich dauernd gedacht habe: das sieht man dir an. Das sieht man dir an wie eine Krankheit, vor der man sich ekelt. Und dann, als wir uns aneinander gewöhnt hatten, ging es richtig los. Diese Katastrophe mit seiner Firma und die Androhung feindlicher Übernahme durch meine Familie …«

»Wunderbar«, stöhnt Barbara und schiebt sich endlich ihre letzte Gabel Crème fraîche und Kaviar in den Mund. »Einfach wunderbar. Abgesehen vom PC haargenau die Geschichte von Marie Antoinette.«

»… wenn ich an das Ende denke«, sagt Karla mit zerknitterter Stirn zu Nicole, »dann würde ich Ihnen raten, in das rückständige Europa umzuziehen.«

Nicole fällt über das Essen auf ihrem Teller her und scheint nichts mehr um sich her wahrzunehmen.

»Jenny, bitte. Warum reizt Sie die Rolle der Marie Antoinette?«

»Ich will das Fach wechseln und mein Agent hat gesagt, dass ich als Marie Antoinette das Klischee vom blonden Superweib loswerde.«

»Todsicher«, sagt Sibylle. »War's das?«

»Ja, das war's. Es muss ja nicht jeder seine ganze Lebensgeschichte erzählen.«

»Und … Korinna?«

»Ich wollte endlich mal …«, sagt sie und leert mit einem Schluck ihr Glas.

»… was anderes als Rotkäppchen trinken«, nutzt Jenny die Pause.

»… eine Frau spielen, mit der ich vieles gemeinsam habe.« Korinna fängt an, sich eine Zigarette zu drehen. Und lässt sich so viel Zeit, dass etwas Unerwartetes geschieht: alle schweigen.

»Ich habe immer als mittelmäßig gegolten. Mittelattraktiv, mittelschlau, mittelnett … Mit 14 habe ich mir in der Schulbibliothek Stefan Zweigs ›Marie Antoinette‹ ausgeliehen. Und als ich den Untertitel gelesen habe – ›Bildnis eines mittleren Charakters‹ – da habe ich zuerst einen Anfall gekriegt. Was bitte soll ein mittlerer Charakter sein?« Sie bemüht sich, keine der anwesenden Frauen zu fixieren. »Ein moralischer Mittelklassewagen oder was? Also: das genau reizt mich. Diese Behauptung, die Frau sei ihr Leben lang bedeutungslos, geistlos, bewusstlos und konturlos gewesen und erst kurz bevor sie aufs Schafott stieg wie durch ein Wunder zum großen Charakter gereift – das ist doch absurd, oder?«

Jenny ist aufgestanden. »Warum? Warum soll das absurd sein? Gehörst zu diesen Leuten, die einer Frau die Chance nehmen wollen, etwas Großes zu werden und mal über sich hinauszuwachsen? Ich kenne das. Da wird man, weil man blond ist und eine gute Figur hat, in eine Schublade gesperrt …«

»Die Schublade will ich sehen«, sagt Karla.

»… und wenn einer jüdisch ist oder sich mit einem Ossi-Drama wichtig machen kann, dann wird er von jedem ernst genommen.« Jenny kippt ihren Champagner hinunter.

»Ja, es war schon infam und berechnend von meinen Großeltern, sich vergasen zu lassen, nur um mir Marktvorteile zu sichern«, seufzt Barbara. »Und was die Chance zur Heldenkarriere angeht: manche Todeskandidaten haben sie genutzt, manche nicht.«

»Sie wollen andeuten, die großen Geister starben groß, die Kleingeister blieben auch beim Verrecken Gartenzwerge, oder? Beauty schminkt sich vorm Schafott und macht sich in die Hosen, Königin wahrt Würde, was? Was sind das für …für …« Jenny atmet hörbar.

»… begründete Vorurteile«, hilft Karla.

»In der Conciergerie«, sagt Barbara ruhig, »hat eine Prostituierte mit dem Künstlernamen Eglé mehr als einem Herzog beigebracht, stilvoll zu sterben. Einen Moment – hat irgendwer meine Kladde gesehen?«

Sibylle bringt sie. Barbara schlägt sie auf. »Der Graf von Beugnot, selbst in der Conciergerie eingesperrt, berichtet: ›Unter den Damen befanden sich auch einige Prostituierte. Die Geschichte einer von ihnen, Cathérine Halbourgs, genannt Eglé, rührte uns besonders der Ungerechtigkeit wegen, der sie zum Opfer fiel. Zusammen mit ihren Freundinnen war sie in der Rue Fromenteau festgenommen worden. Chaumette, ein einflussreiches Mitglied des Gemeinderats von Paris, wollte die beiden mit der Affäre um die Königin in Zusammenhang bringen und die drei Frauen zur gleichen Zeit hinrichten lassen. Aber die Ausschüsse sprachen sich dagegen aus. Also wurde sie wegen gegenrevolutionärer Äußerungen zum Tode verurteilt.‹«

»Aber das ist doch – ein Skandal!« Nicole hört sich heiser an und hat ihr fotogenes Gesicht aufgegeben.

»Das war das sogenannte Verdächtigengesetz«, sagt Barbara ruhig. »Wer verdächtig war, durfte verhaftet werden. Eine Idee, die bis Guantanamo an Beliebtheit nichts verloren hat.«

Nicole sieht die schnurrende Katze auf Barbaras Schoss an. »Und wie war das bei den Nazis? Von Ihnen hätte ich mehr *correctness* erwartet.«

Barbara schaut matt. »Darf ich trotzdem weitermachen? Also, Graf Beugnot: Am Vorabend ihres Erscheinens vor dem Tribunal begegnete Eglé dem Duc de Châtelet, der noch am selben Tag hingerichtet werden sollte, und rief dem in seiner Todesangst jämmerlich schluchzenden und halb betrunkenen Herzog zu: ›Denken Sie daran, Herr Herzog: Die Namenlosen machen sich an diesem Ort einen Namen; wer aber schon einen hat, muss ihn zu tragen wissen.‹«

Jenny strahlt. »Genau das meine ich: Namenlose machen sich einen Namen. Jeder hat die Chance, ein Star zu werden. Wie ist diese … Eglé denn gestorben?«

»Beugnot sagt, sie sei wie ein Vogel auf den Schinderkarren gehüpft, während die Dubarry bis zum letzten Moment noch um Erbarmen gewinselt hat.«

»Bei den Hinrichtungen in den USA ist es nicht anders.« Korinna steckt sich eine Zigarette an. »Die einen schlagen bis zuletzt um sich, brüllen und toben noch angeschnallt auf dem Schragen, andere sterben mit einem Gebet auf den Lippen, manche fluchen und grölen, manche singen ein Kinderlied – allerdings nur bis Strophe zwei, dann ist das Zeitlimit für letzte Worte meist überschritten.«

»Wir wissen jetzt, meine Gute, dass du mindestens drei Bücher über Leben und Sterben im Todestrakt gelesen hast«, sagt Jenny. »Aber leider sind gute Menschen oft lausige Künstler.«

»Und umgekehrt«, sagt Rita.

»Ja? Das ist dem Publikum scheißegal. Bloß weil Walt Disney ein mieser Typ war, der Frauen missbraucht, Kollegen denunziert und Angestellte geschunden hat, sind seine Filme nicht weniger beliebt.« Jenny wirkt erfrischt und erleichtert und bedient sich auf einmal kräftig von allem, was am Tisch steht, hangelt sich Gläser, Platten, Flaschen herbei ohne Bedenken, dabei ein schlechtes Bild abzugeben.

»Kann ihm also keiner vorwerfen, er sei mittelmäßig gewesen«, sagt Rita.

Barbara stopft sich den Rest Toast in den Mund und redet kauend weiter. »So wenig wie Marie Antoinette. Sie hat schon mit fünfzehn die Konservativen am französischen Hof bis aufs Blut gereizt, weil sie die Etikette gehasst hat und sich das auch anmerken ließ. Ungeniert hat sie gelästert über Zeremonienmeister, hat sich scheckig gelacht über höfische Rituale, hat Aufpasser und Schlüssellochspione in die Wüste geschickt …«

»War sie als Kaiserinnenkind den Zinnober nicht gewohnt?« Rita gießt sich selbst Champagner nach.

»Nein, denn in Wien ging es vernünftig zu und in Versailles traditionell. In Frankreich stand Marie Antoinette jeden Morgen nackt, meistens bibbernd herum und wartete darauf, dass ihr endlich ein Hemd gereicht wurde. Wäre in Wien keinem eingefallen.«

»Und warum musste sie warten?«

»Weil das zum Zeremoniell gehört hat. Sobald eine ranghöhere Dame das Zimmer betrat, musste das Hemd an sie übergeben werden, weil die dann das Recht hatte, es der Königin anzureichen. Und wenn viele hereinkamen, dann …«

»Die hätten ihr doch dankbar sein müssen, dass sie diesen Affentanz nicht mehr verlangt hat.« Nicoles Gesicht ist so leer wie ihr Teller.

»Wären die Kardinäle dem Papst dankbar, wenn er das Outfit auf Jeans umstellen würde?«

»Aber: war das nicht der Anfang einer Modernisierung, was Marie Antoinette da betrieben hat?« Jenny zieht ein Spray aus der Handtasche und sprüht es sich in den Mund.

»Nein, das war der Anfang vom Ende«, sagt Barbara.

»Versteh ich nicht«, sagt Jenny und verstaut ihr Spray wieder.

»Das beruhigt mich«, sagt Korinna, »dass du das nicht verstehst.«

»Und da behaupten Journalisten, Sie seien nicht liebesfähig«, sagt Rita. »Ihre Vorurteile haben Sie doch richtig lieb.«

»Ich habe keine Vorurteile«, sagt Korinna.

»Nur gegen Blondinen und Frauen mit guten Brüsten«, sagt Jenny.

Sibylle steht auf und holt eine zweite Champagnerflasche. »Vorurteile sind gut – um unseren Stoff zu verstehen.« Sie stellt die Flasche in den Kühler. »Niemand verlässt gern den warmen Dunst des Gewohnten. Auch die Franzosen nicht. Die hatten sich an Königinnen gewöhnt, die gekuscht haben, gestickt und gebetet, während der Gatte Wild oder Weiber jagen ging, richtig?«

»Ja. Sie hat sich selber entthront«, sagt Barbara. »Sie hat den Sicherheitsabstand aufgegeben. Und damit war sie angreifbar.«

»Aber was hat sie denn Verwerfliches getan?« Nicole ist wieder aufgewacht.

»Sie hat sich natürlich, normal und menschlich benommen. Ging in die diversen Pariser Theater, hat gelacht, wenn über den Hof hergezogen wurde, sich köstlich amüsiert über die Ausfälligkeiten von Beaumarchais … Und weil sie vom Sockel gestiegen ist, hat sie sich selber für Erniedrigungen zur Verfügung gestellt. Sie hat nicht mehr Königin von Gottes Gnaden gespielt, sondern war eine Frau mit menschlichen Schwächen.«

Sibylle schaut Karla an. »Wie war das? Freigegeben zum Abschuss. Vogelfrei.«

»Vögelfrei wäre wohl passender«, sagt Karla.

»Sie konnte es keinem mehr recht machen.« Barbara streichelt die Katze auf ihrem Schoß. »Als sie nach sieben Jahren Ehe endlich schwanger wurde, wurde sofort darüber spekuliert und gelästert, wer der Vater der kleinen Marie Therèse sein könnte. Und so widersinnig es klingt: Noch obszöner wurde der Ton, als dann der ersehnte Thronfolger kam. Vermutlich haben die meisten wirklich geglaubt, was in den Pamphleten stand: dass die Königin sich von potenten Liebhabern schwängern ließ. Und dass das die Idee ihrer Mutter war.«

»Wie bitte? Diese sittenstrenge Kaiserin soll ihrer Tochter den Tipp gegeben haben, sich von einem Zuchtbullen decken zu lassen?« Karla schüttelt den Kopf. »Das kann doch kein Mensch geglaubt haben.«

»Nicht nur geglaubt, sogar geschrieben.« Sibylle löst die Kapsel von der Flasche. »Es gibt ein besonders übles Pamphlet, in dem der Dichter – angeblich Brissot de Warville – den Briefstil imitiert, in dem Maria Theresia an Maria Antoinette geschrieben hat. Im Prinzip gut gefälscht wenn man, wie fast alle Franzosen, über Maria Theresia nichts wusste. Barbara, wie war das noch mal?«

»Angeblich schreibt die Kaiserin ihrer Tochter, es sei zwar politisch gefährlich, dass ihr Schlappschwanz von Mann außer Stande sei, ihr Kinder zu machen, aber es sei nicht ausweglos. Einen Moment, da ist es. ›Tu also das Nämliche, wie ich; schaffe dir Macher an, so wie ich den Prinz Karl gewählt hatte, groß, schön, jung, und vor allen Dingen kraftvoll; suche ihn unter den Personen bei Hofe aus, die am nächsten um dich sind …‹«

Jenny grinst. »Pragmatisch, die Alte. Wer im goldenen Käfig sitzt, muss das nehmen, was er durch die Gitterstäbe erwischen kann. Man könnte meinen, Lady Di hätte den Brief gekannt. Offenbar hat dieses Stallknecht-Reitlehrer-Prinzip Tradition, was?«

»Tiefschürfend wie immer, die Kommentare der Jenny Sommer.« Korinnas Stimme hört sich belegt an. »Ich frage mich, woher konnte ein Außenstehender wissen, dass Maria Theresia mit ihrer Tochter korrespondiert hat, gerade über das Problem, dass sie nicht schwanger wurde. Das war doch angeblich alles streng geheim.«

»Weil es wahrscheinlich kein Außenstehender war. Die Pamphlete gingen anfangs ausschließlich vom Hof aus. Dort wurden sie verfasst, dort wurden sie gekauft und verteilt. Besonders emsige Sammler und Verteiler waren übrigens Adelaide und Victoire, Ludwigs reizende Tanten.«

»Aber welche Leute steckten dahinter?«

»Die lieben Freunde und Verwandten in Versailles.«

»Ach was. Woher hätten die denn wissen sollen, wie man solche pornographischen Pamphlete schreibt?«

»Naja, das würde doch jeder von uns auch hinbekommen.« Rita gähnt. »Außerdem hatten sie einen Buchhändler für diese erbaulichen Schriften gleich in der Nähe.«

»Was soll das heißen? Gab es dort einen Pornoshop?«

»Könnte man sagen. Einen Mann namens Lefèvre, der seine Buchhandlung direkt bei der Auffahrt zum Schloss von Versailles hatte, verkaufte unterm Ladentisch eine breite Auswahl von verbotenen Druckerzeugnissen, vor allem Klatschblätter und Pornos. Die Königin war noch keine zweiundzwanzig, da verhökerte er schon sehr erfolgreich *Anandria*, eine lesbische Dreiecksgeschichte vulgärster Sorte, mit Maria Antoinette im Mittelpunkt. Danach kam der Kerl allerdings kurz in Haft und sattelte um auf Spielwarenhändler.«

»Nur: wenn Pornographie als Ventil benutzt wurde«, sagt Rita, »dann ließen die Leute am Hof doch etwas anderes raus, als die aus dem Volk, vermute ich.«

»Wir lassen hier ja auch was anderes raus als die GIs im Irak«, sagt Sibylle und drückt den Korken nach unten.

»Die haben rund um die Uhr Todesangst«, schreit Nicole. »Kapiert das mal einer?«

»Und wir haben nur unsere spießigen Aggressionen«, lächelt Karla. »Schämen sollten wir uns.«

»Das war in Versailles ganz genauso«, sagt Barbara. »Als es losging mit den pornographischen Beschimpfungen des Königshauses, sagten die Traditionalisten, das läge alles nur daran, dass Marie Antoinette Österreicherin war. Und die Dubarry-Fraktion war sauer, weil sie sich gegen die Mätresse gestellt hat und sie links liegen ließ.«

»Das ist nicht gerade überraschend«. Sibylle schaut in die Runde, sieht langsam ein Gesicht nach dem anderen an. »Meist wird einem aus den eigenen Reihen ins Bein geschossen.«

»Nicht nur ins Bein. Sogar ins Herz.« Barbara schaut erschöpft aus. »Als abgestimmt wurde, ob der Ludwig hingerichtet werden sollte oder nicht, haben die Todestrafen-Befürworter mit einer einzigen Stimme Vorsprung gesiegt – das war die seines Vetters, des Herzogs von Orléans, der sich anbiedernd Philippe Égalité genannt hatte. Und es war eine Kammerzofe von Marie Antoinette, die verraten hat, dass die königliche Familie auf der Flucht nach Varennes war.« Barbara klammert sich in Rosas Fell fest.

»Missgunst, Verrat, Intrige – das kommt doch meistens aus dem engsten Umkreis«, sagt Korinna.

»Schauen wir mal, was wir damit anfangen können«, sagt Karla. »Gönnst du uns eine kreative Pause?«

6. Unterhaltung

Der aufgehende Tag ist neonhell und klar. Die Farben werden absolut in dieser Beleuchtung. Das Grün der Hügel, das Gelb der Rapsfelder, das Rot der Ziegeldächer, das Blau, das alles überwölbt. Eine makellose Welt unter Verschluss. Reglos und geräuschlos, wie in Gießharz eingeschlossen. Doch die beiden sehen nichts davon. Sie stehen bewegungslos nebeneinander und starren nach unten, auf die Wiese. Dort sitzt Rosa, die Vorderbeine zusammengebunden und von Kopf bis Fuß mit brauner Schmiere bedeckt. Sie versucht, die Schnur zwischen den Pfoten durchzubeißen.

»Wer hat das getan?«, flüstert Sibylle.

»Warum hat das jemand getan?«, flüstert Barbara. Dann geht sie die Treppe hinunter auf die Wiese, löst die Schnur und steigt, das stinkende Tier auf den Händen, die Treppe wieder hinauf. »Wo soll ich sie denn waschen? Ich habe nirgendwo einen Gartenschlauch gesehen.«

»Küche«, sagt Sibylle.

Beide sind dabei, die Scheiße von der sich sträubenden Katze zu waschen, als Nicole hereinkommt und schreit. »Das ist ja widerlich. Dieses verschissene Viech dort zu duschen, wo wir unseren Salat waschen.« Karla kommt herein, rümpft die Nase und sagt: »Ich dachte, Sie sind Buddhistin, Nicole. *Shit happens.*«

Nicole rennt durch die Küche ins Freie. Jenny kommt herein, kreischt und rennt durch die Küche hinaus.

»Ich finde es widerlicher, was mit Rosa passiert ist«, sagt Sibylle, ohne sich umzudrehen.

Rita kommt herein, stöhnt und beobachtet mit zugehaltener Nase, was Sibylle und Barbara am Spültisch treiben. »Wie lange werdet ihr brauchen?«, näselt sie.

»Halbe Stunde.«

Louis stakt auf Inlineskatern herein. »Oh! Was gibt es denn heute zum Frühstück? Rita, ich glaube, wir fahren einkaufen.«

Anderthalb Stunden später sitzen alle im Freien. Auf Stühlen, nicht auf der Wiese. Keiner spricht es aus, aber jeder hat das Gefühl, im Gras klebe noch der Kot, mit dem Rosa paniert wurde. Barbara hat die frisch gefönte Katze neben sich. »Offenbar ist einer unter uns, der das Thema des Obszönen wörtlich nimmt.«

»Was soll das heißen?« In Nicoles Gesicht steht noch der Ekel.

»In dem Wort steckt *coenum*, zu deutsch: der Dreck. Und es braucht wirklich eine dreckige Fantasie, um sich so etwas auszudenken.«

»Ich finde« – Nicole setzt sich steil aufrecht hin und sieht Karla an – »es wesentlich unappetitlicher, wie hier schon die ganze Zeit geredet wird.«

»Ich habe auch gar nicht damit gerechnet, dass Sie Appetit auf mich bekommen könnten«, näselt Karla. »Und der Mensch schmutzt nun einmal. In Latein hatte ich zwar immer eine vier, aber einen Spruch habe ich mir gemerkt: *Inter urinas et faeces nascimur.*«

»Und das heißt?« Nicoles Stirn ist plissiert.

»Wir werden zwischen Pisse und Scheiße geboren.«

»Ich wusste gar nicht, dass Bukowski Latein konnte«, sagt Rita.

»Das stammt vom Kirchenvater Augustinus.« Karla lehnt zufrieden in seinem Stuhl.

»Rein anatomisch hat er ja recht«, meint Korinna.

»Ich glaube nicht, dass er das gemeint hat. Klingt mir eher nach der Einsicht, dass das größte Schwein der Mensch ist.« Karla hat die Hände hinter dem Kopf verschränkt und dehnt sich.

»So wie Sie und Korinna daherreden, leuchtet das ein.« Nicole redet leise und beugt sich beim Reden vor. »Aber ich zum Beispiel sehe mich da ein bisschen anders.«

»Sie«, sagt Barbara, ohne Nicole anzusehen, »könnten zum Beispiel Rosa in Scheiße getaucht haben, weil Sie denken, ich hätte Sie oder Ihr Land in den Schmutz gezogen.«

»Was? Wie kommen Sie auf eine derartige Idee? Das ist … das ist …«

»… zumindest vorstellbar«, sagt Barbara.

»Es könnte«, fällt Sibylle hastig ein, »auch Karla gewesen sein, der nicht Barbara, sondern die Muschi gemeint hat; es könnte Jenny gewesen sein, die sich ausrechnet, dass der Verdacht am ehesten auf Nicole fiele; es könnte Barbara selbst gewesen sein, um klar zu machen, wie das Obszöne und der Schmutz zusammenhängen, es könnte Louis gewesen sein, weil …«

»Ich verstehe aber noch immer nicht, was eine beschissene Katze mit Marie Antoinette zu tun hat«, sagt Jenny.

»Obszön ist, was Tabus bricht. Was Schamgrenzen ignoriert. Und genau das konnte man ihr vorwerfen.«

»Der Königin, nicht der Katze«, sagt Barbara und beißt sich auf die Lippen.

»So tief waren die Dekolletés doch auch wieder nicht«, nuschelt Karla.

»Es ging nicht um volle Brüste, sondern um leere Mägen«,

sagt Sibylle. »Die Ernte war in den Jahren vor Ausbruch der Revolution katastrophal schlecht, und die Hungersnot griff um sich wie eine Seuche. Spekulanten hatten das wenige Getreide aufgekauft und die Brotpreise in die Höhe getrieben. Bäcker wurden gelyncht, halb oder ganz totgeschlagen, Bäckereien wurden geplündert, Boote, die Mehl geladen hatten, wurden überfallen.«

»Das nenne ich sterbenshungrig.« Karla betastet seinen Bauch. »Vielleicht brauchen wir alle mal so eine Zwangsdiät, ha?«

»Und in dieser Situation bringen«, sagt Barbara, »die Schneiderin und der Architekt die Königin auf die Idee, schlichte Natürlichkeit und Ländlichkeit als Trend auszurufen. Mique setzte ihr bei Trianon für ein noch größeres Vermögen ein Bauerndorf hin – strohgedeckte Bauernhäuser, eine Mühle, ein Bauernhof, ein Geflügelhof, alles mit künstlicher Patina. Aufgeschminkte Armut, sozusagen. Und die Bertin kleidete sie für ein Vermögen als bescheidene Schäferin ein.«

»Ich erinnere mich genau daran, wie Anfang der 1980er Jahre auf den Modenschauen in Paris, New York, Mailand und Düsseldorf *Grunge* propagiert wurde – Klamotten im Kleiderspendenlook, wie aus dem Sammelcontainer gezerrt«, sagt Karla und betrachtet wohlgefällig Nicoles neueste Dalai Lama-Couture. »Das war auch nicht viel besser. Sexuell verleumdet wurde deshalb keiner.«

»Na gut, die sind auch in diesen Klamotten nicht bei den Hungernden in Äthiopien herumspaziert. Für Bauern, die nichts mehr zu beißen haben, muss es obszön gewesen sein, dass die Königin erklärte, Natur sei chic. Dass sie in ihrem Petit Hameau frische Eier zum Frühstück kochte und frisch gemolkene Ziegenmilch aus Sèvres-Porzellan trank …«

»Das Mädel hatte Stil«, sagt Karla, immer noch mit der Wölbung unterhalb seines Brustkorbs befasst.

»... die Tassen geformt als Brüste mit rosigen Warzen und jede teuerer als der gesamte Hausrat eines Bauern. Das mussten die Abgebrannten, halb Verhungerten ja obszön finden.«

»Ich frage mich nur, wie die das überhaupt erfahren haben. Es gab doch keine Yellow Press.« Jenny nagt an ihrem Daumennagel.

»... aber das schnellste Medium der Welt.«

»Und das wäre?« Jenny beißt entschlossen das störende Stück Nagel ab.

»Das Gerücht.«

»Aber Gerüchte übertreiben doch maßlos.« Sie spuckt den abgebissenen Nagel auf die Wiese.

»Berichte in der Yellow-Press nicht? Als die Revolutionäre schließlich mit dreckigen Stiefeln im Trianon einbrachen, aus dem die Königin verjagt worden war, waren sie fassungslos ...« Barbara schaut um sich ... »wie bescheiden das aussah. Keine mit Diamanten gepflasterten Fußböden, keine reingoldenen Möbel, keine Lampen aus Edelsteinen ...«

»Okay, okay, es ist ja süß, dass Sie Marie Antoinette so verteidigen gegen die Vorwürfe.« Nicole setzt sich aufrecht hin. »Aber es ist doch erwiesenermaßen obszön, wie sie dahergeredet hat – den Ärmsten der Armen gegenüber?«

»Worauf spielen Sie an?«, fragt Rita.

»Also das lernt bei uns in Amerika jedes Kind: Als man ihr gemeldet hat, dass die Menschen schreien, sie hätten kein Brot mehr, hat sie gesagt: ›Dann sollen sie doch Kuchen essen.‹«

»Das lernen bei uns sogar Fernsehzuschauer, aber es ist eine ebenso beliebte wie schlampige Fälschung«, sagt Barbara. »Der Spruch ist nämlich schon mindestens so alt wie Marie Antoinette selbst – angeblich stammt er von einer Herzogin der Toskana.«

»Und ist da was dran?«

»Da ist alles dran«, sagt Barbara.

»Und alles drin«, setzt Sibylle nach. »Wir glauben, was wir glauben wollen, wir hören, was wir hören wollen, wir sehen, was wir sehen wo …«

»Was für ein kompletter Blödsinn, entschuldige.« Rita ist aufgestanden und umkreist die Runde hinter den Stühlen wie ein Schäferhund die Herde. »Wer will denn Bilder von gefolterten Irakern sehen?«

»Das Unbewusste«, sagt Karla und fummelt an seinem Gürtel. »Weil wir dann zugeben dürfen … müssen, was wir ohnehin längst geahnt haben.«

Alle starren ihn an, wortlos. Karla grinst. »Hat was Befreiendes. Was hab ich mich gequält, bis meinen Eltern gesteckt wurde, ich sei nicht depressiv, sondern schwul.«

Immer noch schweigen alle. »Denen wäre übrigens depressiv lieber gewesen«, sagt Karla.

»Seit wann«, bellt Rita, »hast du denn diese analytische Nummer drauf? Steht dir wie ein Vollbart.«

»Können wir zum Thema zurückkehren?« Sibylle klemmt ihre Hände zwischen den Oberschenkeln ein. »Es ging um Bilder und …«

»Ja klar, die Bilder sind schuld. Die Bilder sind böse. Die Bilder stören. Wären sie weg, wäre alles in Ordnung. Wie hat Powell gesagt? ›… die Bilder erschweren unsere Arbeit. Diese Bilder sind sehr destruktiv für unsere Außenpolitik.‹« Korinna gestikuliert die Amseln in die Flucht. »… aber leider haben sie sich schon überall festgesetzt. Wäre doch praktisch, man könnte sie loswerden wie das Abu-Ghraib-Gefängnis: einreißen und vergessen.«

»Wir haben von Marie Antoinette geredet und von dem Bild, das sich das Volk von ihr zurechtgebastelt hat.« Jenny zieht ihre zwei Ringe von Zeige- und Mittelfinger der rechten Hand, schwenkt sie in der Linken, steckt sie wieder an.

»An den Bastelarbeiten war sie leider beteiligt«, sagt Sibylle. »Sie hat zu lange Geld und Chancen verplempert. Wer dauernd zehn Zentimeter über dem Boden lebt, muss damit rechnen, dass er jeden provoziert, der diesen Boden auf Knien scheuert, schrubbt, poliert. So jemand will man runterholen und …«

»… in den Dreck tauchen«, sagt Barbara und krault ihre Katze. »In den Dreck des Obszönen.«

»Widerwärtig«, sagt Nicole.

»Besser, sie erfinden es, als sie tun es einem an.« – Korinna zieht ihren Rock über die Knie und hält ihn hinter den Knien zusammen. »In den KZs haben sie den Frauen nie mehr als zwei Minuten pro Tag mit rostigem oder fauligem Wasser vergönnt, in den Todestrakten der USA reduzieren sie die Klopapierration, in Guantanamo gibt es eine fünf Minuten-Dusche pro Woche, in DDR-Gefängnissen musste man als menstruierende Frau vor sich hinbluten und mit Marie Antoinette ging man, so viel ich weiß, ähnlich um.«

»Der Chefankläger hat sogar darauf verzichtet, besseres Beweismaterial zu beschaffen, nur um sie noch während der Menstruation zu verhören. Und dann …«

»Barbara sucht gerade die Stelle«, sagt Jenny. »Sie hat alles in ihrer Kladde, nicht im Kopf, denn sie ist eine Intellektuelle.«

Barbara schlägt ihre Mappe wieder zu. »Ich kann es Ihnen auch gern in meinen Worten sagen, was ich gern im O-Ton von Rosalie hätte. Bis ins Peinlichste beschreibt sie, wie Marie Antoinette sich im Morgengrauen vor der Hinrichtung umzieht. Sie bittet – was die Ausnahme ist – Rosalie um Beistand: die

Prozesstage über hatte sie schwere Blutungen gehabt und will jetzt so unauffällig wie möglich die Wäsche wechseln. Sie breitet ein frisches langes Hemd auf dem Bett aus, lässt ihr schwarzes Kleid zu Boden gleiten und winkt Rosalie, sie solle sich vor sie stellen. Sofort kommt der Gendarmerieoffizier – die Delinquentin wird in der eigenen Zelle rund um die Uhr überwacht – beugt sich über das Bett und sieht genau zu. Sie bittet ihn im Namen des Anstands, wenigstens unbeobachtet die Wäsche wechseln zu dürfen. Er lehnt ab. Seufzend zieht sie ihr blutbeschmiertes Hemd so dezent wie irgendwie möglich aus und streift das frische über …«

»Jajaja, das ist obszön«, kreischt Nicole. »Genau das.«

Korinna sitzt schweigend da und hält noch immer den Rock in den Kniekehlen zusammen.

»Was finden Sie denn daran so besonders schlimm?«, fragt Sibylle.

»Dass dieses Schwein zugeschaut hat. Dass sie sich nicht verbergen konnte. Dass er es ausgekostet hat, sie dreckig zu sehen.«

»Die Häftlinge in amerikanischen Todestrakten sitzen in dreistöckigen Legebatterien, übereinander gestapelten Käfigen, nach vorne offen, und jeder kann ihnen beim Scheißen zusehen – ist das besser?«

Nicoles Stimme wird scharf. »Warum lenken jetzt auch noch Sie vom Thema ab? Es geht nicht um heute, es geht um damals.«

»Nein«, sagt Sibylle. »Es geht um das Heute im Damals und das Damals im Heute.«

Karla faltet die Hände. »Können wir diese leidige Monatsblutung endlich zur Hinrichtung bringen?«

Barbara räuspert sich. »Nur noch eins: Es war das Schlimmste für Marie Antoinette, dass ihre Schamgrenzen so ignoriert wurden. Rosalie beschreibt genau, wie die Königin ihr blutbeflecktes Hemd so fest und klein es ging zusammenrollte, in ihren Kleiderärmel schob wie in ein Futteral und dann verzweifelt um sich schaute, als suche sie etwas, und fürchte, es nicht finden zu können. Dann wirkte sie auf einmal erlöst und stopfte das blutige Teil mit einem Ausdruck unaussprechlicher Erleichterung in eine Vertiefung hinter der Tapete, die sie in der Mauer entdeckt hatte.«

»Mir wird schlecht«, stöhnt Karla. »Schamgrenzenlos.«

Rita legt ihre rechte Hand auf seine Linke. »Ganz ruhig, Karla, Sibylle hat uns versprochen, dass es hier nicht um Unterleibsfragen geht, sondern um das Obszöne. Und das Verrückte ist, dass sogar extreme Hygiene obszön sein kann. Wenn zum Beispiel in den USA Hinrichtungskandidaten, bevor man sie auf den elektrischen Stuhl setzt oder totspritzt, ordentlich gewindelt und mit frischer Sportkleidung versehen werden …«

»Das zumindest blieb denen erspart, die aufs Schafott kamen«, sagt Sibylle.

»… obwohl sie vorher jahrelang im übelsten Gestank dahinvegetieren. Ich meine die Todeskandidaten heute. Ich habe mal einen Besuch in einem Gefängnis in Texas gemacht.«

»Rita liebt ›Café Annie‹ in Houston mehr als jedes andere Lokal auf der Welt.« Karlas Bariton ist samtweich.

»Jedenfalls«, fährt Rita dazwischen, »werden da Geisteskranke, die ihre Körperausscheidungen kaum kontrollieren können, direkt neben den anderen Todeskandidaten untergebracht – und es stinkt nach Urin und Schweiß, dass einem schlecht wird.«

»Das wäre Marie Antoinette vermutlich weniger aufgefallen. Marie Antoinette war an Gestank gewöhnt«, sagt Barbara.

»Was? In Versailles soll es gestunken haben?« Jenny zieht wieder ihre Ringe ab und schwenkt sie in der anderen Hand.

»Sie hat zwar oft gebadet, aber um sie her stank es pestilenzisch. Versailles war eine teuer dekorierte Senkgrube, in der es nicht weniger widerwärtig gerochen hat als in Paris. Hundescheiße, Pferdedreck, vergammelnde Speisereste, Erbrochenes von durchzechten Nächten, menschliche Exkremente, verwesende Ratten, manchmal auch verwesende Kranke …«

»Aber in ihrem Appartement, in ihrem Schlafzimmer, in den Salons?« Nicole hat sich weit nach vorn gebeugt, Barbara entgegen, und stützt den Oberköper auf den verschränkten Armen auf.

»Alles völlig verdreckt«, sagt Barbara.

»Und warum?«

»Zum Beispiel, weil sie Geld hatten.«

»Wie bitte?«

»Sie hatten Geld, um zu heizen, dreiviertel des Jahres. Aber sie hatten leider keine Ahnung, wie. Englische Besucher waren regelmäßig entsetzt, wie verrußt es aussah und roch in Versailles. Denn die waren an funktionierende Kamine gewöhnt.«

Jenny reißt eine Marguerite neben ihrem Stuhl ab, riecht daran, rümpft die Nase und wirft die Marguerite weg. Nicole steht auf, nimmt die Blüte und steckt sie sich hinters Ohr.

»Erschwerend kam hinzu«, sagt Barbara, »dass Königs so tierlieb waren. Marie Antoinettes Hunde liefen überall herum und verdreckten jedes Polster, pissten an die Gardinen, auf die Sofas, die Sessel.«

»Und er hat das zugelassen?«

»Ludwig war ja auch nicht besser. Im Hauptempfangsraum von Versailles hatte er eine riesige Hundehütte aufstellen lassen, weiß lackiert, mit vergoldeten Pilastern und Zierleisten – ein

Hundepalast, in dem die Viecher auf roten Samtkissen lagen und vor sich hin stanken.«

»Gut, aber es war doch ausreichend Personal da, um zu putzen.«

»Die waren mehr als genug damit beschäftigt, das Gröbste zu beseitigen. Denn das Schloss hatte eigentlich immer Tag der offenen Tür – eigentlich jeder konnte den Palast betreten, die Salons und die Galerien, auch mit triefenden Kleidern und schlammverkrusteten Stiefeln …«

»Wie bitte? Das ist ja unfasslich!« Karla hält sich an seinem Stuhl fest. »Die konnten da einfach rein und alles befingern? Möbel, Porzellan, Spiegel?«

»Ja, konnten sie. Es standen zwar Diener herum, aber von Aufpassern ist nirgendwo die Rede. Wenn gefeiert wurde, drängten Hunderte in die Gänge, in den Spiegelsaal. Oft Tausende – und die Wache war nicht imstande, sie abzuhalten.«

»Und was hat Marie Antoinette selber gegen die Verwahrlosung getan?« Jenny zieht eine Puderdose aus ihrer Hose und betrachtet sich im Spiegel, während sie redet.

»Na gut, sie hat nach bewährter Methode den Gestank parfümiert: Überall standen immer frische Blumen herum und Becken, in denen Blütenessenzen verbrannt wurden. Und sie hat sich selbst gepflegt – täglich, gründlich. Umso mehr hat sie darunter gelitten, dass sie in der Conciergerie in üblen Gerüchen dahinvegetieren musste. Eine Waschschüssel, ein weißes und ein schwarzes Kleid, ein Unterrock, zwei Hemden – aus. Modergeruch überall, der sich in den Kleidern festsetzt, in den Strümpfen, der Haut, den Haaren, dem Bettzeug.«

»Reizend«, sagt Jenny in den kleinen Spiegel hinein. »Lebendig schon nach Gruft zu riechen ist für einen Todeskandidaten nicht gerade ermunternd.«

»Aber wenn du kein Häftling bist«, sagt Korinna, in den Himmel blickend, »sondern einer, der im normalen Leben so hausen muss, ist es dann besser?«

»Jedenfalls ist es nicht obszön«, winkt Karla ab. »Warum kommt ihr Weiber eigentlich dauernd vom Thema ab?«

»Wir sind voll drauf, Karla. Marie Antoinette hat es weniger ausgemacht, erbärmlich zu hausen, als unausgesetzt erniedrigt zu werden.«

»…haben die Kerle in der Conciergerie sich an ihr vergriffen?«, fragt Jenny.

»Nein, man hat ihr nur die Intimzone genommen«, sagt Barbara.

»… wie es ja heute in den Todestrakten der Welt üblich ist. Unangekündigte Durchsuchungen zu jeder Tages- und Nachtzeit.« Rita hat sich weit zurückgelehnt, die Beine und die Arme verknotet.

»Och, das hat Tradition.« Sibylle sieht Ritas Haltung und schüttelt ihre Arme aus. »Unsere Königin kannte das bereits. Kontrollen, Verhaftungen, Prozessvorladungen … immer mitten in der Nacht. Es gehörte zur Methode, die Menschen dafür aus dem Schlaf zu reißen.«

»Was ist daran, bitte sehr, methodisch?«, fragt Jenny.

»Ihnen klarzumachen, dass sie auf nichts mehr ein Anrecht haben, nicht einmal auf die Nachtruhe, nicht einmal auf einen natürlichen Tagesrhythmus«, antwortet Sibylle.

»Die Todeskandidaten in den USA kriegen Frühstück morgens um drei, Mittagessen um zehn, Abendessen um drei Uhr nachmittags.« Rita bleibt eingemauert. Sie bewegt kaum die Lippen beim Reden.

»Im Krankenhaus ist es ziemlich ähnlich. Meinst du, die haben auch obszöne Motive?« Karla hat den Kopf schief gelegt.

»Die müssen den Morgen freihalten für Visiten und Untersuchungen«, sagt Jenny ernst.

»Mein Gott, sind Sie humorlos«, stöhnt Karla.

»Untersucht werden die Häftlinge in den Todestrakten heute auch«, kommt es monoton aus Ritas Festung. »Bis zu achtmal am Tag und gerade die Frauen – an sämtlichen Körperöffnungen. Bevor sie für eine Stunde am Tag die Halle betreten dürfen, werden sie durchsucht, wenn sie in die Zelle zurückkehren noch einmal. Sie werden vor dem Duschen durchsucht und – obwohl sie die ganze Zeit beobachtet werden – auch nach dem Duschen. Manchmal auch grundlos, mitten in der Nacht.«

»Wenn das hübsche Kerle machen, kann das doch ganz nett für die Mädels sein. Ich kenne Leute, die für so etwas zahlen.«

»Bitte, Karla …«

»Haben Sie mal was von Anstand gehört?«, sagt Nicole.

»Anstand«, sagt Karla und legt beide Handflächen wie zum Beten aneinander, »ist die langweiligste Ausrede der Welt dafür, dass jemand sich nicht traut, was er tun will. Und nicht mal zu sagen wagt, was er denkt.«

»Könntest du dich mal als Feigling üben?« Sibylle sitzt schlaff da. »Wir könnten besser über das Obszöne und die Pornographie reden, wenn wir nicht dauernd obszön und pornographisch daherredeten.«

»Ich versuche nur, euch wieder zum Thema zurückzubringen«, mault Karla. »Ihr verrennt euch immer … wo bleibt denn jetzt das historisch Obszöne, Frau Professor?«

»Es bleibt leider präsent. Bis zu dem Zeitpunkt, als Marie Antoinette geköpft wurde.«

»Was soll an einer Hinrichtung obszön sein?«

»Alles«, sagt Sibylle. »Allein schon, dass Unmenschlichkeit

zum Gesetz erhoben wird. Die Hinrichtung ist das Obszönste, was Menschen sich ausgedacht haben.«

»Und das Perverseste ist, dass die Sittenwächter fast immer Befürworter der Todesstrafe sind«, sagt Nicole.

»Hört, hört, neue Töne aus Amerika.« Korinna setzt ihre Sonnenbrille auf.

»Was soll das? *Amerika, die Amerikaner* … Ich bin Buddhistin«, sagt Nicole.

»Wahrscheinlich auch nur, bis du das erste Mal auf einer Party neben einem muslimischen Weisen sitzt«, giftet Korinna. Sie schiebt die Sonnenbrille ins Haar.

»Warum schlagen Sie eigentlich dauernd um sich?« Barbara schüttelt den Kopf, müde wie eine erfolglose Mutter.

»Ja, du musst deine Aggressionen ablegen«, sagt Nicole.

»Ach ja … Und was trage ich stattdessen? Ich finde, sie stehen mir. Ein Kleid aus Stacheldraht bewahrt davor, platt getreten zu werden.« Sie schiebt die Sonnenbrille wieder auf die Nase.

»Oh, dieser Ossi-Pathos«, stöhnt Jenny. »Ich hätte einmal eine Frage zur Sache, Frau Professor: Ist das nicht ein typischer intellektueller Gemeinplatz, eine Hinrichtung als *obszön* zu bezeichnen?«

Karla kichert und hält sich den Mund zu.

»Dass damals die Richter, die Schergen, die Henker und auch die Leute aus dem Volk das Köpfen obszön gefunden haben, ist beweisbar«, sagt Barbara.

»Wie denn das?« Karla gähnt. »Schon wieder Kladde auf, Kopien raus?«

»Es gab«, sagt Barbara und reckt das Kinn, »einen pornographischen Almanach damals, der hieß grob und deutlich *Trou Madame*, zu deutsch ›Damenloch‹. Aber was dann, als täglich die Köpfe in Körbe fielen, *Le grand trou* genannt wurde, das war …«

»…die Öffnung der lieben Königin, vermute ich«, sagt Jenny.

Barbara schüttelt sich, als wolle sie eine Fliege loswerden. »… das war die runde, blutverschmierte Öffnung, die sichtbar wurde, wenn das Fallbeil den Kopf des Opfers abgehackt hatte.«

Jenny klappt die Puderdose zu.

»Nun dann, guten Appetit – falls sich der üble Geruch in der Küche verzogen hat.« Korinna atmet tief ein, mit angezogenen Nüstern.

»Ich dachte, es soll stinken, oder?«, sagt Rita. »Der Dreck gehört doch offenbar zum Thema.«

»Bis zuletzt«, sagt Barbara. »Hébert, der Chef des Hetzblatts *Père Duchesne*, schrieb nach Marie Antoinettes Enthauptung: ›Die größte aller Freuden hat Père Duchesne erfahren, als er mit eigenen Augen sah, wie der Kopf der *Veto* – das ist Marie Antoinette – ›von ihrem kropfigen, dreckigen Hals getrennt wurde.‹«

»Hat sie aufgehört sich zu waschen?«, fragt Nicole. »Oder warum war ihr Hals dreckig?«

»Oh, my goodness.« Rita schlägt sich mit der Hand auf die Stirn.

»Er war dreckig«, sagt Sibylle, »weil er es sein musste.«

»… warum musste?«

»Weil das dazugehört, verstehen Sie?« Rita redet mit vorgerecktem Kopf. »Dreckiger Nigger, dreckige Hure, dreckiger Türke …«

»Oder, in unserem Fall: dreckige Marie Antoinette. Da ist in den Pamphleten die Rede von ihrem pickelübersäten Gesicht, ihrem stinkenden Mund, ihrem krankheitsverseuchten, widerlich riechenden Körper …«

Louis kommt aus dem Haus ins Freie. Er schreit vom Balkon aus: »Es stinkt immer noch.«

»Ja, etwas stinkt hier und wir werden finden, wer es ist.« Jenny ist aufgesprungen und hat sich Rosa gegriffen, die dösend auf Barbaras Schoß gelegen hatte. Wie eine Waffe hält sie die Katze mit zwei Händen fest, stellt sich in die Mitte und geht dann mit dem Tier, den Kopf nach vorn gerichtet, langsam, so nah es nur geht, zuerst auf Sibylle, dann auf Rita, dann auf Karla, auf Barbara selbst zu. Zuletzt richtet sie den Kopf der Katze wie eine Mündung auf Korinna. Nah, ganz nah ist der Kopf vor Korinnas Brüsten. Fauchend und schreiend springt Rosa aus Jennys Händen und rennt davon.

Stille. Aus der Ferne sind auf einmal die Rufe von Leuten bei der Ernte zu hören, Klappern und Rattern. Hier oben aber herrscht Stille.

»Das ist kein Beweis«, sagt Rita. »So einfach geht's nicht.«

»Wir gehen zum Dorfwirt«, sagt Sibylle. »Wer fährt mit wem?« Sie steht auf und geht Richtung Auto. Jenny rennt hinter ihr drein. »Flucht bringt nichts«, zischt sie. »Ich dachte, Sie hätten von Varennes etwas gelernt.«

»Ach, ich lerne nie etwas von der Geschichte«, lächelt Sibylle. »Außer, wie sehr Geschichten sich ähneln.«

7. Unterhaltung

»Da braut sich etwas zusammen.« Rita hört sich bedrückt an.

»Meinst du, es geht richtig los? Ich wünsche es mir fast. Es wäre irgendwie … ja, befreiend. Klärend.«

Rita schweigt.

»… oder hast du Angst, hier oben in der Einsamkeit?« Sibylle steht neben ihr in der offenen Tür. Irgendwo im Haus schlagen Fenster zu.

»Ach was!«, sagt Rita. »Da habe ich schon Schlimmeres überstanden. Außerdem habe ich einen Blitzableiter auf dem Dach gesehen.« Sie dreht sich um. »Es sind alle da. Frisch ausgeruht zum Gefecht.«

Während sie sich hinsetzt, fängt Rita bereits an. »Nicole hat mich auf der Rückfahrt gefragt, woher die Schmähredner das Material für ihre Polit-Pornos hatten: dass Marie Antoinette mannstoll war, lesbisch, promiskuitiv, scharf auf Gruppensex … Also: woher hatten sie die vielen hübschen Ideen?«

»Manche sicher aus Fachbüchern.« Barbara greift eine Handvoll Erdnüsse aus der Schale auf dem Tisch.

»Was? Porno-Fachbücher? Das kann doch keinen inspirieren.« Rita sieht Barbara zu, die die Nüsse aus der Hand in den Mund gleiten lässt. »Ich habe da mal einen feministischen Essay über Pornographie gelesen, das war fader als der Katechismus.«

»Nein«, sagt Barbara kauend. »Psychiatrische Bücher, die wurden als Geheimtipp gehandelt. Ein Bestseller war zum Beispiel Bienvilles *Nymphomanie oder Abhandlung über den furor uterinus*. Die Pamphletisten haben teilweise einfach abgeschrieben und Bienvilles Beschreibungen von nymphomanen Frauen, ziemlich geifernde Beschreibungen übrigens, der Königin in den Mund gelegt.«

»Gut, ich hab mich früher auch aufgegeilt an den Bildtafeln im Brockhaus«, sagt Jenny, »wo man den Schwanz ausklappen konnte. Und mein Bruder hat die Frauenseite als Wichsvorlage benutzt. Aber Fachbücher? Wer versteht denn diesen Quark?«

»Bei dir bestünde die Gefahr nicht«, sagt Korinna.

»Aus! Aus, Waldi, lass los! Beißen Sie die Kollegin nicht tot. Noch nicht«, sagt Karla. »Aber im Ernst, Frau Professor: Da haben sich doch bestenfalls ein paar intellektuelle Perverse wegen der paar scharfen Stellen durch so einen Psychopathenerguss durchgequält.«

»Es gab natürlich«, sagt Barbara, »auch noch die schöne Literatur …«

»Wie bitte? Literatur nennen Sie so was?« Nicole starrt Barbara an mit zusammengezogenen Brauen.

»Die Autoren waren zumindest mehr als seriös.«

»Seriös, seriös, seriös«, brummt Karla. »Wenn man das Wort oft genug sagt, klingt es wie obszön.«

»Rechtsanwälte, Geistliche, bekannte Schriftsteller, auch Hochadel«, sagt Barbara. »Und die Texte waren derart saftig, dass sie heute noch für Randale sorgen könnten.«

»Für Randale?«, singt Karla.

»Ja.«

»Heute?«

»Ja.«

»Wie soll das gehen? Heute etwas zu schreiben, worüber sich die Leute moralisch entrüsten, ist doch so aussichtslos wie mit dem Verzehr von Kakerlaken vor laufenden Kameras berühmt zu werden.«

»Wenn ein Philosophie-Nobelpreisträger ein Buch schriebe, in dem sich Vaginen über ihre Besitzerinnen und deren Besucher unterhalten …«

»Sich wer unterhält?« Karla reckt den Kopf zu Barbara.

»Weibliche Geschlechtsorgane.«

»Kein Mensch sieht Ihnen an, welche abwegige Phantasie sich hinter Ihrer Stirn versteckt.« Karla betrachtet Barbara mit hängender Kinnlade.

»Danke für die Blumen. Aber das sind nackte Tatsachen. Der Roman heißt *Les bijoux indiscrets* – ›Die geschwätzigen Kleinode‹ und der Verfasser war immerhin Diderot, einer der größten Mathematiker, Philosophen und Enzyklopädisten Frankreichs. Jeder hat damals kapiert, dass es eine scharfe Satire auf Ludwig XV. war, der sich, wie es hieß, von der Hure Pompadour regieren ließ – Diderot kam kurz in den Knast deswegen. Zu Marie Antoinettes Zeit war das Buch schon ein Klassiker und …«

»… jaja, aber doch nur etwas für Erotomanen auf hohem Niveau. Die Masse, wie kam die an Pornos?«

»Ganz mühelos. An jeder Brücke, an jedem Quai haben fliegende Händler Pornohefte verkauft, billige broschierte oder ungebundene Dinger, Gassenhauertexte zum Nachkrakeelen. In jedem Kaffeehaus, in jeder Kneipe wurden Lieder gesungen oder vielleicht eher gegrölt, in denen es immer um ein und dasselbe ging.«

»Nämlich?«

»Um Liebeswerben, Erfüllung und Untreue …«

»Ich gestatte mir, zu übersetzen.« Karla macht eine galante Geste in Richtung Barbara. »Es ging um Anmache und Ficken und Fremdgehen. Aber was hat das mit der Königin zu tun?«

»Allen Unzufriedenen, zu deutsch neunzig Prozent der Bevölkerung, macht doch mehr Spaß, zu sehen und zu lesen, was die Königin für eine …«

»Schlampe«, hilft Karla.

»… danke … ist, als sich anzuhören, aus welchen rechtlichen, philosophischen oder ethischen Gründen sie nicht mehr tragbar sei. Politische Pornos verkaufen sich einfach besser als politische Abhandlungen.«

»So was wäre heute Gottseidank verboten«, sagt Nicole.

»Nicht in San Fernando Valley«, sagt Rita.

»Kenne ich nicht – trifft mich nicht«, sagt Nicole. »Auch wenn es wieder ein Seitenhieb gegen mich sein sollte.«

»Vielleicht kennen Sie es unter Pornywood. Dort sind derzeit Irak-Pornos der Renner.«

»Kapiert«, sagt Jenny. »Primitiv, aber nicht blöde. Die Zuschauer finden es ja ganz in Ordnung, wenn Leute etwas abkriegen, die laut Mister President durch und durch böse sind. Muslims vergewaltigen ist doch so eigentlich ein gutes Werk, was?« Sie bemüht sich, nicht auf Nicole zu schauen, obwohl die ihr gegenüber sitzt. »Diese Amis sind doch …«

»Nö«, sagt Karla. »In Pornos waren schon alle dran. Mal sind es Juden, mal Schwarze, mal Asiaten … man braucht einfach eine zur Denunziation freigegebene Gruppe. Und das sind immer die anderen.«

»Zur Not tun's auch Frauen«, sagt Korinna.

»Aber eine Minderheit im Film zu misshandeln, das ist doch pervers. Das ist doch etwas für geisteskranke Außenseiter … für … für den Abschaum.« Nicoles Nase ist feucht.

»Das«, seufzt Sibylle, »ist es nicht. Es ist eher … bürgerlich.

Die Täter – meistens brave Familienväter, Heimwerker, Vorgartenpfleger, Baumarktfans – sie vergewaltigen, quälen und missbrauchen ja im Vollgefühl des Rechts.«

»Ich sag ja, die Amis sind pervers«, zischt Jenny.

»Ich dachte jetzt an die Franzosen«, sagt Sibylle. »An die fleißigen Killer, die im September 1792 in nur vier Tagen in neun Pariser Gefängnissen schätzungsweise 1200 bis 1400 Häftlinge vergewaltigt und abgeschlachtet haben. Steht unter dem Stichwort ›Septembermorde‹ in den Geschichtsbüchern.«

»In meinem Geschichtsbuch stand so etwas nicht. Das hätte ich mir gemerkt«, sagt Karla. »Und wen haben die abgemurkst? Schwerverbrecher?«

»In den Augen der Täter wohl schon.« Barbara ordnet ihren Bleistift, ihre Kladde und ihre Brille im rechten Winkel. »Priester, die den Eid auf die Revolution und den Gott-Ersatz ›Höheres Wesen‹ verweigert hatten, Grafen und Gräfinnen, Barone und Baronessen und andere, die etwas gegen die Revolution hatten, aber auch Scheckbetrüger, Landstreicher, Prostituierte, Einbrecher und alle, die im Namen des Verdächtigengesetzes ohne jeden Beweis verhaftet und eingesperrt worden waren.«

»Und was hat die braven Buben so ausrasten lassen?«

»Dass sie Angst hatten. Angst, dass ganz Paris und sie selber von den reaktionären Preußen und Österreichern unter dem Herzog von Braunschweig platt gemacht würden, denn die hatten am 2. September Verdun erobert, das letzte Bollwerk der Hauptstadt – und zwar durch Verrat. Die Angst vor den Truppen der Reaktion wurde kräftig geschürt von den Revolutionären.«

»Und wieso haben brave französische Bürger deshalb die Gefängnisinsassen massakriert?«, fragt Nicole.

»Es war ein willkommener Anlass«, sagt Barbara leise, »im

Namen der Nation zu tun, was sie sowieso schon lange tun wollten.«

»Aber deswegen können die«, schnappt Nicole, »doch nicht … doch nicht einfach …«

»Selbstverständlich können sie. So wie die SS-Leute ihren Appetit« – Barbara nimmt sich Nüsse und lässt sie wieder zurückfallen in die Schale – »auf Vergewaltigungen und Mord ganz gesetzestreu in den KZs ausleben konnten. Es geht um Gewalt in der beliebten Kombination mit sexueller Erniedrigung.«

»Aber es heißt doch immer«, mischt sich Korinna ein, »mit den Revolutionären sei in Frankreich die große Prüderie eingezogen. Flache Schuhe, hochgeschlossene Kleider, keine Orgien, keine Liebesspiele, keine Theater mit Sex live, in allen Ämtern verklemmte Bürokraten …«

»Naja, Mirabeau, der später verklärte Held, hat vor seiner politischen Karriere Pornos geschrieben und während seiner Karriere bis zu seinem Tod seine Popularität genutzt, jede Frau, die er wollte, ins Bett zu ziehen«, sagt Barbara.

»… aber der war doch gar nicht grausam, dachte ich.« Jenny nimmt ein paar Erdnüsse, kaut sie und spuckt sie in ein Taschentuch.

»Schmecken sie nicht?« fragt Sibylle.

»Dochdoch«, sagt Jenny und knüllt das Papiertaschentuch zusammen.

»Er ist«, sagt Barbara, »gestorben, bevor er's werden konnte.«

»Aber die späteren, Robespierre und so, die waren doch total asexuell, hab ich gelesen.« Jenny nimmt sich eine einzelne Erdnuss.

»Gut, Robespierre wohl schon, aber de Sade, zum Beispiel, kann man nicht direkt als verklemmt bezeichnen«, sagt Sibylle und beobachtet genau, dass Jenny die Erdnuss dieses Mal hinunterschluckt.

»Redest du vom Marquis, von unserem guten Donatien?«, sagt Karla. »Was hat der mit den Revolutionären zu tun. Der saß doch wegen seiner Perversionen im Knast, oder?«

»Bis die Revolutionäre ihn herausgelassen und mit repräsentativen Jobs versehen haben. Und während er fleißig an der *Justine* und anderen perversen Texten schrieb, hat er das hehre Ziel verfolgt, die Straßen von Paris politisch korrekt umzubenennen.« Barbara hat sich auf ihre Hände gesetzt und fixiert die Erdnüsse.

»Aber was sollte das? Der war doch ein Monster – zumindest im Kopf.« Nicole zieht einen Kaugummi aus der Blusentasche und packt ihn aus.

»Wenn es zum System wird, das Oberste nach unten und das Unterste nach oben zu kehren, dann macht es Sinn, Prostituierte zu weiblichen Vorbildern zu erheben, Monster zu Ministern und Mörder zu Richtern«, sagt Barbara.

»Oder auch Folterknechte zu Helden«, sagt Sibylle leise. »Man will es nicht glauben, aber es gibt leider einige Leute in den USA, die sagen: unsere Jungs haben völlig recht, dass sie diese Terroristen in Bagdad zwölf Stunden nackt an den Füßen aufhängen, ihnen Leuchtstäbe in den After schieben und …«

Nicole schiebt den Kaugummi in den Mund und sagt kauend: »… es gibt einige Leute. Genau. Und die gibt es überall. *Ich* habe die *Washington Post* abonniert und gegen den Krieg demonstriert …«

»Ich würde gerne wissen, ob die Königin von diesen … diesen Perversionen irgendwas mitgekriegt hat«, sagt Jenny. »Sie war ja weggesperrt …«

»Trotzdem, dafür wurde freundlicherweise gesorgt.« Barbaras

Rechte befreit sich und holt Erdnüsse ein. »Sogar wenn sie beim Essen saß.«

»Was soll das heißen? Haben sie die Königin …«

»Karla, bitte. Als sie im Temple, im Erdgeschoss, mit Mann und Kindern beim Mittagessen saß, stürzte ein Bediensteter, den sie ihr gelassen hatten, käsweiß ins Zimmer und sagte: ›Es ist der Kopf der Lamballe, den man Ihnen zeigen will.‹ Da fiel Marie Antoinette in Ohnmacht. Was er gesehen hatte, hätte sie sehen sollen. Denn für sie vor allem hatten es die Revolutionäre inszeniert.«

»Was inszeniert?«, fragt Nicole kauend.

»Einen Umzug. Eine Prozession – mit den üblichen Ritualen. Vornweg die Monstranz, dann das Banner, zuletzt die Reliquien.«

»Ach – welch fromme Anwandlungen …« Rita rümpft die Brauen und drückt das Kinn zum Hals.

»… etwas abgewandelt, liebe Rita. Vornweg trugen ein paar Männer auf einer Pike einen Kopf mit wehenden blonden Locken – den Kopf ihrer besten Freundin, der Princesse de Lamballe, dahinter präsentierten Bannerträger blutgetränkte Fetzen ihres Hemdes und einer der Schlächter hatte sich ihren Intimskalp, Schamhaar samt Haut, als Bart angeklebt. Alles nette, brave Männer. Und als krönenden Abschluss des Zugs schleiften ein Kunsttischler und ein junger Tambour ihren bis zur Brust aufgeschlitzten Leichnam an den Beinen hinterdrein.«

»Aufhören. Das ist ja fürchterlich.« Nicole hält sich die Ohren zu. »Warum waren die so grässlich?«

»Ich finde auch«, sagt Jenny, »Umbringen ist schlimm genug.«

»Aber schänden ist besser«, sagt Rita. »Das gibt der Geilheit des Killers noch mal einen Kick. Und wenn man es auch noch der Öffentlichkeit vorführt – damals als Prozession, heute als

Foto und Video – dann soll das sagen: ›Ich habe es nicht getan, um mich zu befriedigen, sondern um euch alle zu rächen.‹«

Barbara schaut zu, hört zu, wiegt den Kopf. »Ich glaube eher, es war die Lust, das Opfer noch weiter zu erniedrigen, als es mit dem Töten möglich ist. Schon im Oktober '89 haben die Fischweiber – Madame Campan nennt sie ›Furien in weißen Schürzen‹ – geschrieen, sie wollten Marie Antoinette den Unterleib aufschlitzen, die Eingeweide herausreißen und Kokarden daraus schneiden.«

Nicole nimmt versuchsweise die Hände von den Ohren. »Mein Gott, was waren das für verrohte, perverse Menschen.«

»Das waren durchaus Vorbilder«, sagt Sibylle. »... auch für die, die ›Das Schweigen der Lämmer‹ gedreht haben.«

»Und für die erfolgreichen Video-Game-Produzenten, bei denen Kinder lernen, wie man jemanden mit nichts als einer Spitzhacke umbringt und ausweidet.« Rita zieht die Schale mit den Erdnüssen zu sich heran und isst sie zügig leer. Die anderen schauen ihr schweigend zu. »Aber diese ... Ausbrüche ... haben sich ja offenbar immer gegen Frauen gerichtet, was?«

»Nein, in dieser Hinsicht waren die Menschen ganz unparteiisch. Ihre Wut hat sich gegen... gegen ...«

»Mösen wie Schwänze gerichtet«, sagt Karla. »Vermute ich mal, oder?«

»Ich hätte es anders formuliert, aber in der Sache stimmt es.«

»Aber warum haben die Gegner Frankreichs nicht Druck gemacht? Denen muss doch zu Ohren gekommen sein, was da passiert.«

»Sie haben Druck gemacht ... und damit alles noch schlimmer.«

»Verstehe ich nicht«, sagt Jenny.

»Ende Juli 1792 haben die Koalitionsmächte ein Manifest erlassen, in dem sie der Stadt Paris androhten, sie in Schutt und Asche zu legen, wenn dem Königspaar auch nur ein Haar gekrümmt würde.«

»Und?«, fragen vier Stimmen gleichzeitig.

»Daraufhin haben die Jakobiner am 10. August zu den Waffen gegriffen, Kanonen aufgefahren und auf die Tuilerien gerichtet, wo die Königstreuen eingesperrt waren. Vor dem Schloss standen die achthundert Mann der Schweizergarde, um den König zu verteidigen – der zu diesem Zeitpunkt allerdings samt Familie zusammengepfercht in der Schreiberloge der Nationalversammlung saß.«

»Aber wozu haben die dem König seine Wache gelassen? Kapiere ich nicht.« Nicole schaut angestrengt.

»Damit die wütende Meute den Oberen nicht den Spaß nimmt«, sagt Sibylle.

»Welchen Spaß?«

»Den König und die Königin und alle, die dazugehören, hinzurichten.« Sibylle schaut auf ihre Hände, während sie redet. »Ist doch heute das Gleiche: die Todeskandidaten werden auch in den USA sofort mit Medikamenten versorgt, wenn sie eine lebensbedrohliche Krankheit haben. Die sollen doch nicht an Aids oder Krebs sterben, sondern an der Giftspritze.«

Rita lacht. Es klingt nicht lustig. »Darin zeigt sich eben das hohe Gerechtigkeitsempfinden, meine Liebe. Ich weiß noch … ich habe damals drüben gedreht … wie Bob Dole während der Wahlkampagne in Kalifornien einen Todestrakt besucht hat und sich vor laufenden Fernsehkameras entrüstet hat. Es sei doch ein Skandal, dass allmählich mehr Todeskandidaten an Altersbeschwerden sterben, als durch die tödliche Injektion.«

»Jetzt verstehe ich noch weniger, was die Jakobiner mit ihren

Kanonen vorhatten. Wenn sie nicht losballern wollten – was wollten sie denn dann?« Nicole starrt auf Barbara.

»… provozieren, sonst nichts. Die haben nur darauf gewartet, dass der König der Schweizergarde den Befehl geben würde, auf sie zu schießen. Aber der König hat das Ganze vermasselt: Er gab der Schweizergarde den Befehl, die Waffen niederzulegen.«

»Das beweist doch«, lächelt Nicole und ihr Gesicht glättet sich, »dass er funktioniert – der gewaltlose Widerstand.«

Nun glotzt Barbara sie an, während sie monoton weiterredet. »Daraufhin schlachteten die Jakobiner die Schweizergarde ab, stachen sie ab wie Schweine und kastrierten sie, ob tot oder lebendig.«

»Hat noch jemand Hunger hier?«, sagt Jenny.

»Darf es etwas Salami sein? Oder lieber vom Rind?« Sibylle steht auf und geht in die Küche.

»Aber das kann man doch nicht mehr pornographisch nennen«, sagt Rita. »Wenn ich nicht irre, ist Pornographie doch die Beschreibung von Hurerei.«

»Richtig«, sagt Barbara, den Blick auf die Küchentür gerichtet.

»… also irgendeine Aufzeichnung. Hurengespräche von Lukian bis Pietro Aretino oder irgendwelchen Gegenwartsautoren, wo nur noch vom Ficken die Rede ist«, sagt Rita. »Natürlich zählen auch Fotos, Videos, Comics dazu. Nur: was haben Soldaten einer Leibwache, denen die Intimteile abgesäbelt oder abgehackt werden, mit Pornographie zu tun?«

»Es bleiben die Bilder im Kopf, auch bei denen, die sie nicht selber gesehen haben. Oft sind es nur die Bilder von dem, was andere beschrieben haben.«

»Und das soll sich halten? Irgendeine mündliche …«

»Gerüchte halten sich immer. Jeder dreht sich seinen eigenen

Film dazu. Und zwar ohne Zensur.« Sibylle stellt einen Teller mit feingeschnittenen Salamischeiben in die Mitte, einen kleineren vor Barbara. »Und übrigens: Homer hat sich auch gehalten. Obwohl er keine Zeile geschrieben hat.«

»Wahrscheinlich auch wegen der Pornographie«, sagt Barbara. »Ist das meine?«

»Ganz und gar deine«, grinst Korinna mit hängenden Mundwinkeln. »… ich meine: die Ihre.«

Barbara bedient sich. »Inzest, Betrug, Vergewaltigung, Missbrauch, Kinderschändung, Sodomie – alles drin.« Noch kauend wischt sie sich die Hände so gründlich ab, dass die Papierserviette zerreißt.

»Wie bitte? Ich habe gerade den Film über Troja gesehen …«, sagt Nicole.

»… in dem nicht die Rede davon ist«, unterbricht Barbara lächelnd, »dass Zeus etwas mit dem Minderjährigen Ganymed hatte, offiziell sein Sommelier, dass Apoll bisexuell war, gerne Nymphen vergewaltigte, aber noch mehr auf Knaben wie Hyazinth stand, dass Aphrodite es mit ihrem eigenen Bruder trieb und …«

Korinna stiert auf Barbaras fettige Finger. »Wollen Sie was zum Abwischen? Dass sich das Schmierigste und Widerlichste hält, ist doch kein Grund, sich damit zu befassen.«

»Wer sich mit Marie Antoinette befasst, kommt nicht drumherum«, sagt Sibylle.

»Gerade die schmierigen und widerlichen Gerüchte haben sich derart an ihrem Namen festgesetzt, dass sie nicht mehr zu entfernen waren«, erklärt Barbara, greift wieder in die Rindersalami. »Und irgendwann wusste keiner mehr, was erlogen und was die Wahrheit war.« Sie putzt mit einer neuen Serviette die Finger wieder energisch ab.

Jenny nimmt sich eine Salamischeibe vom Teller. »Ähnlich wie bei mir«, sagt sie und nimmt die nächste Scheibe.

»Reines Gerücht, dass du eine Essstörung hast, was?«, sagt Korinna.

Jennys Hand bleibt in der Luft stehen. »Ich habe gegen diesen Mistkerl, der das geschrieben hat, prozessiert und gewonnen«, sagt sie.

»Wenig beeindruckend«, sagt Korinna. »Wenn ich denke, wie viele geliftete Weiber einen Prozess gewonnen haben, sie seien nicht geliftet, obwohl es beim Lachen schon Risse gibt.«

»Es stimmt leider«, mischt Barbara sich ein, »dass Unterstellungen, wenn sie sich einmal festgesetzt haben, kaum mehr wegzukriegen sind. Auf allen feuerversicherten Häusern in Paris stand damals M. A.C. L. – *Maison assurée contre l'incendie*. Am Anfang wurde nur getuschelt, das sei die Abkürzung für *Marie Antoinette cocufie Louis* – zu deutsch: Marie Antoinette setzt Ludwig Hörner auf. Und irgendwann kam der Zeitpunkt, da waren die meisten Pariser sicher, das sei zutreffend. Weil es so schön gepasst hat zu dem Gerücht, sie habe die Hosen an und hetze ihren Mann gegen das Volk auf.«

»Und bei mir passt die Unterstellung von Bulimie zum Gerücht, ich sei eine Maulhure und würde einen Orgasmus nur vom Lesen kennen.« Jenny hat rote Flecken im Gesicht.

»Vom Lesen? Also das glaubt nun wirklich keiner.« Korinna zieht ihren Tabaksbeutel heraus, ein Heft mit Papier und fängt an, sich eine Zigarette zu drehen.

»Das Lesbentum hieß damals in Paris ›deutsches Laster‹«, sagt Barbara. »Marie Antoinette war in den Augen der Franzosen eine Deutsche. Passte also.«

»Das funktioniert heute ja auch: Je besser eine Verleumdung zu den Gerüchten passt, die bereits im Umlauf sind, je mehr es der allgemeinen Stimmung entspricht, desto bereitwilliger wird es geglaubt.«

Nicoles Mund klappt auf und wieder zu.

»Das Interessante für mich ist, wie mühelos das Gerücht den Weg in die offiziellen Instanzen schafft.« Sibylle hat ihren Stuhl zwischen den von Korinna und Barbara geschoben. »Eines der frühen pornographischen Machwerke – wie heißt es noch mal, Barbara?«

»*Les Amours de Charlot et Toinette* – zeigt Marie Antoinette gleich am Anfang beim Masturbieren und entwickelt sich dann konsequent zur üblichen Orgie. Wenig später waren die meisten überzeugt, die Königin masturbiere hauptberuflich und habe nichts als Orgien im Kopf. Sie mache Männer besoffen und willenlos – das war zu guter Letzt ein Anklagepunkt im Prozess. Und für alles gab es Zeugen.«

»Unglaublich«, sagt Nicole und schüttelt mit zusammengekniffenen Augen den Kopf. »Einfach unglaublich.«

»Für dich müsste es sehr glaublich sein«, sagt Korinna. »Wer Geld hat, kann sich in den USA einen privaten Staatsanwalt anheuern und mit 10.000 Dollar kann man sich einen Augenzeugen nach Maß mieten.« Korinna sieht niemanden an außer der Zigarette, die sie sich gerade dreht. »Wenn Indizien fehlen und nur ein windiger Augenzeuge sagt, genau dieser schwarze Typ sei es gewesen, der die Frau in der Tankstelle vergewaltigt und abgeknallt hat, dann werden irgendwelche Leute dafür bezahlt, die sagen: er war schon immer ein brutaler, hemmungsloser Schläger und Lustmolch, der Schrecken aller braven Bürger.«

Nicole sieht Barbara an. »Sie haben gesagt, Verleumdung habe dann die besten Chancen, geglaubt zu werden, wenn sie zu den Vorurteilen passt. War es denn wirklich nur ein Vorurteil, dass Marie Antoinette lesbisch war? Warum war sie denn derart eng mit ihren Freundinnen?«

»Frage ich mich auch«, sagt Karla. »Die hat denen das Geld doch vorne und hinten reingeschoben. Wozu, wenn sie nicht mit denen Sex gehabt hat?«

»Ich vermute, sie hat sich einfach nur danach gesehnt, geliebt zu werden«, sagt Barbara. Sie spricht leise. »Denn Liebe hat sie von niemandem gekriegt – außer von ihren Kindern. Und da sind ihr zwei weggestorben. Ludwig war und blieb ein treuer Trottel, die restliche Familienbande war ihr nur übel gesonnen, ihr großer Bruder war ein erbarmungsloser Kritiker und ihre Mutter – vor der hat sie sich ein Leben lang gefürchtet.«

Korinnas Hände stehen still. Reglos betrachtet sie Barbara von der Seite.

»Das kann ich nicht nachvollziehen«, sagt Nicole.

»Selbstverständlich kannst du das nicht.« Korinna zerquetscht die Zigarette in der Hand. »Weil du nur vor dem Spiegel übst. Buddhistin vor dem Spiegel, Marie Antoinette vor dem Spiegel … Du würdest dich am liebsten selber ficken.«

Sibylle legt beide Hände auf den Solarplexus. »Korinna, was ist eigentlich mit Ihnen los?«

Korinna steht auf. Ihr Stuhl kippt um und kracht auf den Boden. Der Tabaksbeutel entleert sich, die Zigarettenpapiere flattern wie fallende Blätter.

»Ihr Arschlöcher, ich haue ab.« Korinnas Stimme klingt, als spiele sie die Antigone. »Keiner von Euch kapiert, worum es geht. Keinen interessiert es einen Dreck, warum ich aggressiv bin.«

Barbara greift nach Korinnas Hand. Aber die zuckt zusammen und schüttelt die Hand ab. »Jetzt ist es zu spät, meine Gute.

Du quatschst zwar voller Herzschmerz davon, dass Marie Antoinette sich nach Liebe gesehnt hat, aber selber bist du eingeschweißt wie Supermarktkäse.«

»Hat Ihre Mutter …?« Sibylle hält die Hände noch immer schützend auf dem Leib.

»Was soll sie haben? Eine Mutter die säuft, hat nichts außer Sucht. Lieb hat sie jedenfalls nichts und niemanden.«

»Ich dachte, es war Ihr Vater …« Barbara macht noch einen Versuch, Korinnas Hand zu fassen und wird abgeschüttelt wie Ungeziefer.

»Du hast gedacht? Gar nichts habt ihr alle gedacht. Ihr habt euch wie alle aus der Vorurteilskiste bedient. Wenn einer sagt, er kommt aus einem Alkoholiker-Haushalt, kann das nur der Vater gewesen sein.«

»Und was war wirklich mit deinem Vater?« Nicole sitzt zusammengesunken da. Ihre Stimme klingt wie sechs.

»Der war der Grund dafür, dass meine Mutter gesoffen hat.«

»Also doch …«

»Was: also doch?« Korinna dröhnt.

»Er hat Sie vermutlich beide geschlagen? Oder …?«

»Schön wär's gewesen.«

»Was soll das heißen?« Barbara sitzt starr und steif.

»Nein, nein, liebe Barbara. Ich bin zwar eine Lesbe, aber keine Masochistin. Aber er hätte mich nur schlagen können, wenn er noch gelebt hätte. Doch damit war's vorbei, als ich eingeschult wurde.«

»… und woran ist er… gestorben?«

»Unerwarteter Genickschuss.«

»Wie bitte? Aus dem Hinterhalt ermordet? Von wem?«

»Vom Staat. In Leipzig-Connewitz, Südvorstadt, Alfred Kästner Straße, Knast in der Runden Ecke. Steht heute, glaube ich, unter Denkmalschutz.« Sie hebt den Stuhl auf und stellt ihn wieder hin so laut es geht.

»Grauenvoll«, wimmert Nicole und bedeckt ihr Gesicht mit den Händen.

»Hätte grauenvoller kommen können.« Korinna hat ihre Stimme wieder im Griff. Sie klingt kühl und präzise. »Bis nach meiner Geburt, also bis 1967, 68 wurde in Leipzig noch geköpft, und sie konnten es nicht so gut wie die Franzosen. Die waren bis ins Jahr 1977 perfekt, hab ich mir sagen lassen. Bei uns hat nicht mal das geklappt. In den 50er Jahren, habe ich kürzlich erfahren, ist in der Runden Ecke das Fallbeil einige Male im Nacken des Opfers stecken geblieben. Dagegen ist der Schuss mit Schalldämpfer aus dem Hinterhalt doch geradezu menschenfreundlich.«

»Und was hatte Ihr Vater getan?«

»Er wollte in den Westen – mit Stasi-Unterlagen im Gepäck. Von denen wollte er leben.« Sie schaut um sich. »Ein egoistischer Charakter, kalt und herzlos wie seine Tochter.« Sie dreht sich um und geht zur Treppe.

Keiner sagt etwas. Alle lauschen auf die knarzenden Stufen, auf die leisen Geräusche im ersten Stock, hören, wie Korinna oben anfängt, ›Hänschen klein‹ zu pfeifen und die Stufen langsam, den Koffer mehr schleifend, als tragend, wieder herunterkommt.

»Taxi?«, flüstert Sibylle.

»Bereits gerufen«, sagt Korinna und geht zur Tür. »Ich gehe ihm entgegen. Damit man sieht, dass ich ein entgegenkommender Mensch bin.« Sie öffnet die Tür ins Freie achtsam und leise. Und obwohl alle schweigen, ist auch von ihrem Schritt die Holztreppe hinunter fast nichts zu hören.

Als der Kies knirscht, sagt Karla: »Da waren's nur noch zwei.«

8. Unterhaltung

Sie liegen im Schatten der Föhren. Ganz nah beieinander. Berühren sich, lecken sich, geben leise tiefe Laute von sich.

»Wie friedlich sie sind. Lammfromm«, sagt Sibylle.

Da steht eines auf, steigt herauf Richtung Haus, zur Tränke. Eine Blechwanne, randvoll Wasser. Die anderen schauen ihm nach, die Köpfe gleichgerichtet, stehen plötzlich wie auf ein Kommando alle auf, holpern bergauf, drängeln sich, schubsen sich, wollen alle gleichzeitig trinken. Die Blechwanne fällt um, das Wasser ergießt sich auf die Wiese. Die Tiere glotzen stumm, warten ein, zwei Minuten ab und trollen sich wieder zurück in den Schatten.

»Und schafsdumm sind sie«, sagt Rita. Die beiden sitzen auf dem Balkon vor dem Haus und sehen hinunter auf die Weide.

»Schafsdumm können Schafe nicht sein.« Sibylle dreht den Becher mit Milch in ihrer Hand und wendet den Blick nicht von den Schafen. »Sonst hätten sie keine Ahnungen.«

»Was weißt du über die Ahnungen der Schafe?«

»Jedes Mal vor Ostern, wenn wir auf Kreta sind, höre ich sie in der Morgendämmerung brüllen. Ich hätte nie zuvor gedacht, dass Schafe so laut brüllen können.«

»Du meinst, sie riechen den Braten?«

Sibylle nickt. »Den Osterbraten. Die Touristen finden das immer besonders pittoresk, wenn so ein ganzes Tier in den Backofen kommt.« Sie schaut unverwandt auf die Weide hinunter, hinüber zu den Föhren, wo die Schafe wieder im Schatten liegen. »Wir sollten die Tränke wieder aufrichten und füllen.«

»Ich würde auch brüllen auf dem Weg zur Schlachtbank oder zum Schafott«, sagt Rita. »Insofern wäre ich eher eine Kandidatin für den unerwarteten Genickschuss. Mein Vater ist 82. Und er sagt: ›Mein Leben ist wie Warten auf die Hinrichtung.‹ Nicht der Tod macht ihm Angst, aber dass er unaufhaltsam näher rückt. Er sieht mit starrem Blick nur noch auf die dahinschwindende Zeit und kann nichts anderes mehr wahrnehmen, geschweige denn genießen.« Sie atmet tief durch und faltet die Hände über dem Bauch. »Wie findest du das?« Rita sieht Sibylle von der Seite an.

»Nicht gerade erleuchtet, aber nachvollziehbar.« Sibylle trinkt einen Schluck Milch und schaut weiter auf die Schafe. »Als Schaf wäre er glücklicher. Die bekommen ihre Todesangst erst, wenn sie fällig ist.«

Rita fixiert Sibylles Profil. »Könntest du mit so viel Haltung aufs Schafott steigen, wie Marie Antoinette? Oder wie die Eglé?«

»Ich bin sicher, ganz sicher, dass … also nein. Bestimmt nicht.«

»Und ich? Ich erst! Ich würde schreien, um mich schlagen, kotzen, scheißen, meine Beine würden mir den Dienst versagen … Sag: Was hatten die, was wir nicht haben? Stolz?«

»Dem Stolz knicken die Knie ein angesichts des Schafotts. Dem ist er nicht gewachsen.«

»Was hatten sie dann?«

Sibylle trinkt den Milchbecher leer. Wischt sich mit dem Handrücken den Mund ab. Sagt schließlich: »Du hast es selber gesagt: Haltung. Daran rutscht das Obszöne ab. Es macht sich … wie soll ich sagen? Es macht sich selbst lächerlich.«

»Lächerlich? Aber es heißt doch überall, das Volk habe gejubelt, als der Kopf der Königin in den Korb fiel. Dass sich da irgendeiner klein vorkam angesichts ihrer Größe – davon habe ich nie was gehört.«

»Das erkennst du daran, dass viele hinterdrein wütend waren. Sie haben jeden, der den Kopf oben behielt, bis er ihm abgehackt wurde, beschimpft. Als dreist, frech und schamlos. Speziell die Königin. Die Enttäuschung war unüberhörbar.«

»Enttäuschung? Wer war enttäuscht? Die Pamphletisten? Oder die Zuschauer?«

»Alle. Dass der Delinquent Todesangst hat, gehört dazu. Die Dubarry hat es ihnen recht gemacht: die hat bis zuletzt gewimmert und gefleht. Aber wer keine Angst zeigt, der versaut den Gästen die Show.«

»Na gut, die haben ja nicht gezahlt«, sagt Rita. »Jetzt mal im Ernst …«

»Im Spaß rede ich selten übers Köpfen«, sagt Sibylle, greift neben sich die Milchkanne und schenkt sich nach. »Du willst keine Milch?«

»Zu gesund«, sagt Rita. »aber … was haben die denn davon, wenn einer vor Angst bibbert, schreit oder zusammenbricht?«

»… die Herren haben einen Ständer und die Damen …«

»Wie bitte? Das glaube ich nicht.« Rita springt auf und setzt sich auf das Geländer, so dass sie Sibylle den Blick auf die Weide versperrt.

»… es gibt die berühmte Angstlust …«

»Oh, Süße, wie konnten wir nur deinen Psychokurs vergessen.« Karla kommt mit drei Schritten aus dem Zimmer und stellt sich neben Rita ans Geländer. »Störe ich?«

»Wird sich zeigen«, sagt Sibylle. »Übrigens braucht man keinen Psychokurs, um zu wissen, was das ist. Es reicht, wenn du mal bei einer öffentlichen Hinrichtung dabei bist.«

»Bisher«, sagt Karla und knöpft sein Hemd weiter auf, »habe ich in meinen Urlauben auf andere Weise Spaß gehabt.«

»Karla, bitte …«, sagt Rita. »Also: was war das für eine … eine abartige Lust bei den Franzosen?«

»War? Bei den Franzosen? Diese Lust haben nicht nur die Zuschauer auf der Place de la Révolution genossen, die hatten schon die bei Kreuzigungen und später die bei den Lynchmorden, wenn sie die halbtot geschundenen schwarzen Sklaven an die Bäume geknüpft haben. Und heute ist das Publikum genauso lüstern. Ob die Leute in China im Stadion sitzen, wo die Delinquenten abgeknallt werden, ob sie in der Steppe mithelfen, eine Frau zu steinigen, die bis zum Hals eingraben ist, oder ob sie auf einem der Richtplätze von Saudi-Arabien bis Iran zusehen, wie jemandem der Kopf abgehackt wird.«

»Kapiere ich nicht, was in den Leuten da vorgeht.« Rita steht mit verschränkten Armen da, als wolle sie Sibylle verhören. »Wenn im Krimi einer erschossen wird, regt sich doch auch nichts in der Hose, oder?«

»Weil jeder weiß, dass es nicht echt ist.«

»Du meinst, die Hinrichtungen machen die Leute nur geil, weil da wirklich einer ermordet wird? Das ist ja nun wirklich … viehisch.« Rita hat ihre Haltung noch immer nicht gelockert.

»Das ist menschlich, leider«, sagt Sibylle. »Könntest du mir den Blick auf die Schafe freigeben?«

»Unvorstellbar«, schüttelt sich Rita und setzt sich wieder neben Sibylle. »Gibst du mir doch was von der Milch?« Sibylle greift die Blechkanne und schenkt einen zweiten Becher voll. »Also wenn's einen Gott gibt: warum hat er den Menschen so konstruiert, dass ihn der Anblick eines Mordes erregt? Das ist ja eine makabre Fehlkonstruktion.«

»Ich glaube, um solche Lappalien kümmert er sich nicht.«

»Naja, ich muss schon zugeben … ich selber mache ja alles, was der Papst verboten hat, ich nehme also brav einen Gummi her. Aber: ich finde Pornos gerade deswegen geil, weil dort manchmal ohne gefickt wird«, sagt Karla.

»Und es… vergeht dir nicht bei dem Gedanken, dass sich auf diese Weise AIDS verbreitet wie Pollen zur Blütezeit?« Rita schaut auf die Weide, nimmt die Sonnenbrille aus den Haaren, setzt sie auf, beugt sich vor, schüttelt den Kopf.

»Meine Süße«, sagt Karla, »wer denkt beim Ficken denn an die Folgen? Dann gäbe es kein unerwünschtes Bankert auf dem Planeten. Was interessiert dich denn da unten so heftig?«

Rita starrt wortlos weiter auf die Wiese.

Karla dreht sich um.

Auf der Schafsweide steht Jenny und macht Tai-Chi-Übungen. Sie ist nackt.

»Ich habe dir gesagt, sie ist eine billige Exhibitionistin.« Karla redet mit dem Rücken zu Sibylle. »Ein Flittchen als Tragödin – das ist wie eine Fritte im Barolo.«

»Und was machst du im Augenblick?«, Sibylle grinst.

»Ich? Du wirst doch nicht glauben, mich interessiere diese … diese …«

»Karla, sag's bitte nicht.«

»Danke. Soll ich auf einmal mit Präser reden?«

»Das wäre ein origineller Einfall. Es geht ja um Pornographie.«

»Also, ich mache nur, was sich die Kandidatin wünscht: ich schaue sie an. Was ist daran denn schlimm?«

»Du bist ein Voyeur«, sagt Sibylle.

»Gottseidank«, sagt Karla. »Und du bist es auch. Wir sind es alle, nur ich gebe es eben zu«, sagt Karla.

»Was hat Gott damit zu tun?«

»Es ist doch göttlich«, grinst Karla, »dass er selbst in Fragen der Perversion noch dafür gesorgt hat, dass jeder Topf seinen Deckel hat. Was täten denn die armen Exhibitionisten ohne einen wie mich? Sie wären ja so beschissen dran wie Masochisten ohne Sadisten. Aber für alle ist gesorgt.«

»Was für ein Glaubensbekenntnis!« Rita faltet die Hände und verdreht die Augen gen Himmel. »Mir fällt nur keine Kirche ein, die dazu passt.«

»Ach, ich denke … irgendeine müsste es da geben.« Sibylle stellt fest, dass Jenny ihre Position gewechselt hat und nun vor den Schafen turnt. »Es gibt doch auch eine Kirche, deren Oberhaupt verbietet, dass die Menschen sich gegen tödliche Krankheiten schützen.«

»Ich frage mich nur, liebe Sibylle: was hat das nun noch zu tun mit unserem Stoff?« Rita hat die Brille wieder in den Haaren und blickt weiträumig an Jenny vorbei.

»Es geht um Pornographie. Und da gehören die Voyeure dazu. Wenn keiner schaut, ist die Pornographie sinnlos.«

»Und wie«, sagt Rita ohne Sibylle anzusehen, »bringst du den Exhibitionismus unter in deinem Film?«

»…reden wir mal von dem klassischen Gliedvorzeiger, mit oder ohne Trenchcoat. Hast du mal ausprobiert, was passiert, wenn du einfach lachst?«

Rita zieht die Brauen hoch. »Leider bin ich da zu … zu wenig lachfertig.«

»Probiere es, dann verstehst du, was entwaffnendes Lachen meint. Du kannst zuschauen, wie sein … sein gezücktes Ding sich senkt.«

Rita stöhnt. »Und was, bitte sehr, hat das jetzt mit unserer Königin zu tun?«

»… die war wie eine, die den Exhibitionisten auslacht.«

»… lacht? Also denke nur an dieses Bild, wo sie auf dem Schinderkarren sitzt – da schaut sie doch leichenbitter, verständlicherweise …«

»… aber sie saß aufrecht, winselte nicht, schrie nicht, bettelte nicht um Rettung oder um Gnade. Eine ganze Stunde ist sie auf dem offenen Wagen durch die Stadt gekarrt worden, vorbei an kreischenden Menschen, die sie mit Dreck beworfen haben. Sie ist auch nicht zusammengezuckt vor den Leuten, die auf dem Platz getobt haben, die ihren blanken Hass hergezeigt haben. Lächelnd wie diese Eglé ist sie zwar nicht aufs Schafott gestiegen, aber ohne zu zögern, ohne Zittern. Und damit hat sie vermutlich die meisten um den schärfsten Kick um … um den Kitzel gebracht.«

»Die Armen«, sagt Rita.

»Ja, das waren sie«, sagt Sibylle. »Größtenteils, zumindest. Denn die Hinrichtungen waren Peepshows für die Armen.« Sibylle schaut zur Treppe. Barbara tritt, einen Rucksack am Rücken, auf den Balkon. »Entschuldigung, dass ich störe, aber …«

Sibylle steht auf, nimmt Barbara den Rucksack ab und deutet auf ihren Stuhl, Barbara lässt sich aufatmend fallen.

Rita dreht den Kopf zu ihr, schnuppert und rümpft die Nase. »Was sagt die Fachfrau zu diesem … kühnen Vergleich?«

»Kann ich«, sagt Barbara schnaufend, »durchaus so stehen lassen. Für die Reichen gab es in Paris und Umgebung damals jede Menge Peep-Shows.«

»Was? Peep-Shows im Rokoko? Ich glaube, ich studiere doch noch Geschichte. Wie sahen die Etablissements denn aus?« Karla hat sich umgedreht. Sein Blick auf Barbara ist liebevoll.

»Das waren kleine, aber verschwenderisch ausgestattete Lustburgen. *Petites maisons* hießen sie. Jeder Liebhaber mit Geld und Ambitionen besaß eines. Vorstellungsraum war das Schlafzimmer, rundum verspiegelt. Hinter den Spiegeln waren Logen eingebaut und durch Gucklöcher konnten die Voyeure beobachten, was im Bett getrieben wurde.«

»Aber wenn diese Typen Kohle hatten, um sich jede Frau zu kaufen«, sagt Rita, den Kopf zurückgelehnt an die Wand, »warum haben sie dann nur heimlich gelurt?«

»Die waren derart übersättigt, dass sie dauernd nach neuen Reizen gesucht haben. Wenn Sie jeden Tag Kaviar bekämen …«

»Soll das heißen, die saßen da drin wie die Männer heute und haben sich einen runtergeholt?« Rita ist wieder aufgestanden und schaut neben Karla auf die nackte Jenny hinunter. »Vielleicht ist sie doch nicht so ungeeignet«, sagt Rita. »Ich sehe da Parallelen.«

»Parallelen? Bei diesen Kurven? Welche denn bitte?« Karla trommelt auf das Geländer. Jenny sieht, dass sie gesehen wird, und lächelt. Karla winkt ihr zu.

»Die Pamphlete gegen Marie Antoinette haben sich verkauft, weil sie pornographisch waren, richtig?« Rita wendet sich Sibylle zu, spricht scharf und leise.

»Brav«, kommt es von Sibylle.

»Außerdem war Marie Antoinettes Image zumindest dem von Jenny sehr ähnlich. Also ich rede von dem, was geschrieben und geklatscht wurde …«

»Ich stelle fest, dass mir doch zugehört wurde«, sagt Barbara.

»Jetzt seien Sie bloß nicht beleidigt, wenn ausnahmsweise mal jemand anderer redet. Also: wenn wir diese düstere Klamotte verkaufen wollen, ist uns der Ruf von Jenny durchaus hilfreich. Den Leuten ist doch eine anrüchige Heldin lieber als eine sterile, oder?«

»Besser ein anregender Pornograph als ein mausetoter Klassiker«, sagt Barbara.

»Welch unerwartete Einsicht aus diesem Mund.«

»Die stammt von Marcuse«, sagt Barbara. »Frankfurter Schule.«

»Vielleicht«, strahlt Karla, »werde ich die auch noch besuchen. Gehen wir?«

9. Unterhaltung

»Was fehlt?«, fragt Sibylle. Sie steht am Herd und rührt in der Kartoffelsuppe, die anderen stehen mehr oder weniger im Weg herum.

Sibylle schmeckt ab. Probiert, spürt dem Geschmack nach mit geschlossenen Augen, probiert noch einmal, reicht den Löffel an Karla. »Was fehlt denn noch? Ich komme einfach nicht darauf. Irgendetwas ist es. Muskat? Pfeffer? Es schmeckt zu lasch.«

»Ich kann dir schon sagen, was fehlt«, sagt Karla. »Korinna.«

»Mir fehlt sie auch«, sagt Barbara.

»Mir nicht«, sagt Nicole.

»Wollen wir anfangen?« Sibylle nimmt den Topf, die anderen wandern hinter ihr her zum Tisch.

»Also ich frage mich, warum Ludwig nicht die gesamte Pornographie unterbunden hat. Machtwort, basta.«

»Er hat's ja versucht«, sagt Barbara, ohne den Blick vom Teller zu heben. »Aber das Prekäre ist, dass jedes Verbot der Pornographie die beste Werbung dafür ist.«

»Was für ein Unsinn.« Nicole legt den Löffel ab.

»Beim Film funktioniert es auch.« Sibylle isst weiter, während sie redet. »Zensur macht sexy. Kaum wird ein Film verboten, ist das Publikum scharf darauf.«

Nicole schenkt ihr keinen Blick. Sie richtet sich an Barbara. »Dann müssten Sie ja dafür sein, dass ›Mein Kampf‹ gedruckt werden darf?«

»Bin ich«, sagt Barbara. »weil ihn das Verbot zum Fetisch macht. Versuchen Sie mal einen zu kaufen … Dass er zu Wucherpreisen gehandelt wird, spricht doch für sich, oder?«

»À propos Wucherpreise. Das ist auch einer der Gründe, warum ein Pornographie-Verbot nichts bringt«, sagt Rita. »Es geht zuverlässig schief, etwas zu verbieten, was sich ökonomisch verwerten lässt. Wenn die Nachfrage da ist …«

»Will noch jemand Suppe?« Sibylle ist aufgestanden. Karla hält seinen Teller hin.

»Was ist mit Ihnen, Jenny?«

»Ich esse nichts.«

»Wollen Sie etwas anderes?«

»Ich faste nie leichter, als wenn ich sehe, wie die anderen um mich her essen.«

Nicole sieht sie aus engen Augen an. »Und wir kommen schon wieder ab. Wenn ich das richtig verstanden habe, ging es denen, die solche Billigpornos mit der Königin als Hauptdarstellerin produziert haben um Politik, nicht um Gewinn.«

»Sicher«, sagt Barbara. »Sie wollten mit Stücken wie *Bordel Patriotique* oder *Le Godemiché Royal* das gesamte Königshaus als völlig verwahrlost darstellen.«

Nicole nagt an ihrer Lippe und schaut Barbara hilfesuchend an. Aber die scheint davon nichts zu bemerken. Sie hält ihren Teller hin und redet weiter. »Kann ich noch mal von dieser wunderbaren Suppe was haben, ja also … es gab auch Leute, die haben sattes Geld damit gemacht, dass der König verzweifelt versucht hat, die Pornographie zu unterdrücken. Beaumarchais, zum Beispiel … falls der Name jemandem etwas sagt.« Sie stellt den vollen Teller vor sich ab.

»Es entspricht zwar nicht dem, was Sie von einer Schwuchtel wie mir denken«, sagt Karla, »aber ich bete nicht nur die großen Diven an, sondern auch die großen Librettisten. *Barbiere di Sevilla, Nozze di Figaro* … ein heißer Typ, dieser Beaumarchais.«

»Leider auch ein krimineller. Es ist zwar nie bewiesen worden, ob er seine erste Frau umgebracht hat, sicher ist aber, dass er ein Erpresser war. Darf ich Sie mit dem Fall … behelligen?«

»Wenn der Plot gut ist, gerne«, kommt es von Rita.

»Also: Kaum war Marie Antoinette in Paris, war bei Hof bereits die Rede von einer hochpornographischen Schmähschrift gegen die Königin. Verfasst sei sie, hieß es, in Form eines Briefes und der Titel klinge harmlos – *Ratschlag an die spanische Linie der Bourbonen«*.

»Sollte das bedeuten: heiße Tipps an den impotenten Macker von König?«, fragt Jenny.

»Könnte man sagen. Entschuldigung, meine Suppe wird kalt.« Sie beginnt zu löffeln und zu reden. »Aber es ging natürlich auch um ehebrecherische Aktivitäten der Königin. Und kein anderer als der gute Beaumarchais hat behauptet, er habe das ominöse Machwerk in London gesichtet. Natürlich ohne nähere Angaben. Damit war der neue Polizeiminister, der vor Ehrgeiz vibrierende Monsieur de Sartine, angespitzt. Er hat sich sofort bereit erklärt, Tausende von Livres zu zahlen, nur um dieses politischen Pornos habhaft zu werden. Beaumarchais war zwar moralisch mehr als zweifelhaft, aber psychologisch zweifellos genial: er hat Sartine Hoffnung gemacht, das Machwerk aufzutreiben, aber es brauche dazu sehr viel Geld und einen mit allen Wassern gewaschenen Agenten. Sartine ging in die Falle. Umgehend hat er dem König erklärt, Beaumarchais sei die Idealbesetzung für einen solchen Agentenjob, schon wegen seiner guten Beziehungen zu England.«

»Aber wusste der König denn nichts von Beaumarchais' miserablem Ruf? Dass er seine Frau umgebracht haben soll und alles das?« Rita nimmt sich selbst Suppe nach.

»Doch«, sagt Barbara und schluckt, »deswegen hat er zuerst auch gezögert, aber ihm war derart viel daran gelegen, seinen Ruf – und den seiner Frau zu retten, dass ihm der schlechte von Beaumarchais egal war. Er hat ihn mit Geld und einem Empfehlungsschreiben versorgt und Beaumarchais verwandelte sich daraufhin vom Gelegenheitskriminellen in einen höchst kreativen Erpresser. Gleich zu Beginn dachte er sich einen Bösewicht aus.«

»Jedes Drehbuch braucht so etwas«, sagt Rita. »Und jedes Opernlibretto auch.«

»Hört sich auch an wie eine Oper, was Beaumarchais da erfunden hat. Zuerst mal den Baddie, und zwar einen jüdischen, was die Antisemiten, die bekennenden wie die heimlichen, besonders gern geglaubt haben. Diesen ominösen Juden hat er nun verfolgt. Von England nach Holland, von Holland nach Deutschland. In einem Wald bei Nürnberg hat Beaumarchais dann einen Überfall auf sich selbst inszeniert und vermeldet, er habe mit Todesmut den Juden überwältigt, sich des Manuskripts bemächtigt und sei nun auf dem Weg nach Wien. In Wien setzte er auf neue Opfer. Er ging davon aus, dass die Mutter der Königin, bekanntlich mehr als prüde, heftig daran interessiert sei, pornographische Verleumdungen über ihre Tochter zu unterbinden.«

»Zu deutsch: dass sie zahlungswillig sein würde, was?«, sagt Rita. »Ging die Rechnung auf?«

»Nein«, lächelt Barbara und schiebt den geleerten Teller von sich, »die ging daneben. Die Kaiserin hat Beaumarchais zwar empfangen – nachdem er ein Empfehlungsschreiben von ihrem Schwiegersohn hatte, konnte sie ja kaum anders –, aber sie war nur entrüstet über den politischen Porno. Sie übergab das Ding ihrem Minister Fürst Kaunitz, der es sofort als Fälschung entlarvt hat. Ergebnis: Beaumarchais wurde unter Hausarrest gestellt, da hat er die Nerven verloren und sich immer mehr in haarsträubende Widersprüche verwickelt. Schließlich wurde er aus dem Land gejagt.«

»Aber wenn dieser Kaunitz den Schwindel sofort durchschaut hat – wie konnte dann sein französischer Kollege auf diese plumpe Fälschung hereinfallen?« Jenny sitzt da wie bei einer Prüfung.

Barbara schaut sie verwundert an. »Gute Frage«, sagt sie. »Ich vermute, Sartine *wollte* glauben, was Beaumarchais ihm erzählte.«

»Trotzdem – wenn das Ding so schlecht gefälscht war …«

»Naja, es ist ja erst zwanzig Jahre her, dass angeblich seriöse Journalisten auf gefälschte Hitler-Tagebücher hereingefallen sind«, mischt Sibylle sich leise ein. »Und da standen außen drauf die Initialen FH statt AH, weil diesem Stümper von Fälscher die passende Schrift gefehlt hat und er nicht recht wusste, wie das A aussieht. Fiel aber keinem auf. Es hat auch keiner bemerkt, dass das Papier nur in Schwarztee getunktes nagelneues Papier mit aktuellem Wasserzeichen war. Und die *Stern*-Leute sind lieber auf den Leim gegangen, anstatt ihn zu prüfen. Obwohl jeder Anfänger im Handel mit alten Büchern weiß, dass Leimprüfung das Allererste ist, was …«

»Und dann? Dieser Flop in Wien muss doch für Beaumarchais verheerende Folgen in Frankreich gehabt haben, oder?« fragt Rita.

»Warum? Für den ›Stern‹ hatte der Hitlertagebuch-Skandal doch langfristig auch keine«, sagt Sibylle.

»Schon, aber warum wollte Sartine darauf reinfallen? Man

hat das Gefühl, deren Hirne waren alle pornographisch verseucht, damals.« Jenny schaut angewidert.

»Und unsere heute?«, sagt Sibylle müde. »Was wir uns nicht erklären können mit dem, was wir wissen, erklären wir uns mit dem, worüber wir nichts wissen: das Intimleben. Was wurden für Vermutungen über Hilary Clintons Sexualleben angestellt! Die muss doch pervers sein, sonst hätte sie den Mistkerl längst rausgekegelt. Oder über den Mann von Maggie Thatcher …«

»Na gut, wenn eine Frau die Macht hat«, sagt Rita, »dann bringt das viele Männer natürlich in Versuchung, den Gatten zur Lusche zu erklären. Devise: Nur ein Versager kann so etwas aushalten …«

»Und umgekehrt«, sagt Barbara.

»Was – umgekehrt?« fragt Karla.

»Wenn der Mann wirklich eine … wie Sie das nennen … Lusche ist, dann wird der Frau unterstellt, sie sei daran schuld, weil sie ihn unterdrücke«, sagt Barbara und wischt sich ausgiebig die sauberen Hände. »Der Herzog von Choseuil hat behauptet: ›Der Charakter des Königs ist wie Wachs.‹ Prompt kam es zu dem Kurzschluss: dann muss seine Frau sich wie ein Mann aufführen. Und zwar wie ein … ein …«

»… wie ein heterosexueller, meinen Sie«, sagt Karla näselnd, schiebt ebenfalls den leeren Teller von sich und ordnet seinen Hemdkragen, »der herumhurt, sexuell unersättlich ist und sich mit seinen Kumpeln besäuft.«

»Genau das wurde jedenfalls der Königin unterstellt«, sagt Barbara. »Die Titel der Pamphlete sind unmissverständlich: Da geht es immer um das königliche Bordell, um königliche Orgien, um *Marie Antoinette en gougettes* – zu deutsch bei den Zechgelagen. Und eines der Machwerke heißt, wie gesagt, sogar *Le Godemiché Royale.*«

»Das«, strahlt Karla, »ist wirklich penetrant.«

Nicole sieht hilfesuchend um sich. »Ich spreche kein Französisch …« Sie schaut Barbara an. »Bitte, wie übersetzt man *Godemiché*?«

»Das bedeutet wörtlich ›Erfreue mich!‹«, sagt Barbara mit spitzem Mund und braucht eine neue Papierserviette für ihre Finger.

»Wen?« Nicole schaut aufgescheucht. »Wen soll dieser Godemiché erfreuen?«

»Kind Gottes, wen schon was schon?«, mischt Rita sich ein. »Das ist nichts anderes als ein Dildo, Vorgängermodell des Vibrators – schon mal davon gehört?«

Nicole stottert. »Aber … warum haben sie einer Königin unterstellt …?«

»… weil sie damit sagen wollten, meine Süße, dass die Königin nicht nur die Hosen anhatte, sondern auch den Schwanz«, sagt Karla freundlich.

»Verstehe. Schon damals die typischen Männerphantasien.« Nicole lehnt sich zurück und lächelt. Man sieht, dass es souverän wirken soll.

»Nicht nur«, sagt Barbara. »Eine Frau namens Louise de Keraglio hat noch zwei Jahre, bevor die Königin geköpft wurde, ein Pamphlet verfasst – es hieß *Les crimes des Reines de France* – in dem sie behauptet, wenn eine Frau Königin würde, dann wechsle sie das Geschlecht. Das heißt: in ihren Augen ist Marie Antoinette mit achtzehn zum Kerl mutiert.«

»Was soll dieser Blödsinn?«, fragt Nicole. »Das Geschlecht wechseln? Also das ist doch abstrus.«

»Oh, ich weiß nicht recht … so blöde ist der Sinn gar nicht«, sagt Barbara. »Denn damit wird gesagt: an dieser Frau ist alles falsch, degeneriert und pervers. An der ist alles Betrug, Täuschung. Sie ist durch und durch widernatürlich. Sie kennt keine Grenzen, nicht mal die zwischen den Geschlechtern.«

»Aber was brachte das? Wozu sollte den Leuten das eingeredet werden?«, wendet sich Jenny an Barbara.

»Damit der Boden bereitet war für die Saat«, sagt Barbara.

»Sag jetzt bitte nicht, für die Saat des Bösen«, lächelt Sibylle und dann zu Jenny: »Das soll heißen: Wenn sie das geschluckt haben, haben sie auch gefressen, was ihnen später an großen Brocken serviert wurde. Der zentrale Vorwurf gegen Marie Antoinette war beim Prozess: sie habe ihren Mann dazu gebracht, eine volksfeindliche Politik zu führen. Zu deutsch: sie habe das Szepter in der Hand gehabt, was ja nicht ganz zufällig einem Phallus ähnlich sieht.«

»... oder einem Godemiché«, sagt Karla.

»Ich vermute«, sagt Sibylle, »es hat auch etwas mit Sexismus zu tun. Wenn man eine Frau zum Mann macht, dann fällt es den Männern leichter, sie umzubringen.« Sie schaut Nicole an. »Verzeihen Sie, dass mir jetzt gerade nur ein amerikanisches Beispiel einfällt, aber immerhin klingt der Name irgendwie deutsch.«

»Legen Sie los«, sagt Nicole. »Ich habe mich mittlerweile daran gewöhnt, dass wir hier nicht mehr so beliebt sind wie zu Zeiten der Care-Pakete.«

»... also: Streib, heißt er, Victor Streib, glaube ich, Juraprofessor in Ohio ist er jedenfalls. Ich habe eine Studie von ihm gelesen über Frauen, die zum Tod verurteilt sind. Und da schreibt er, es bringe einfach nicht denselben Kick, wie einen Mann umzubringen. Also macht man die Frau zum Mann – und schon ist es wieder okay.«

Barbara setzt sich steil hin und rückt die ohnehin schon gerade liegende Mappe vor sich zurecht. »Schon 1789, als die ersten

Adligen fluchtartig das Land verlassen haben, haben die Stammtischpolitiker behauptet, die österreichische Hure sei nur dageblieben, um die Nationalversammlung zu vernichten und ihren Mann zu vergiften. Und stattdessen den Comte d'Artois, den Bruder von Ludwig, auf den Thron zu hieven.«

»Es gibt ja offenbar nichts, was ihr nicht angehängt wurde«, sagt Nicole.

»Ja, das Bild, wenn ich das mal so sagen darf, musste in die Galerie passen. Sie haben sich ja eine virtuelle Ahnenreihe, ein paar prominente Geistesverwandte ausgedacht, für Marie Antoinette: Agrippina, Messalina, Katharina von Medici, Katharina die Große – lauter Frauen, die für machtgeil und sexbesessen erklärt wurden und Männer, die ihnen im Weg standen, aus dem Weg zu räumen versucht haben. Größtenteils mit Erfolg.«

»Und hat das irgendwer ernst genommen?«, fragt Nicole.

»Todernst. Die meisten Pariser waren davon überzeugt, dass die Königin mit ihrem gutaussehenden Schwager ein sexuelles Verhältnis hatte.«

»Auch die Zeugen und Geschworenen vor Gericht?«, fragt Rita.

Barbara legt die Hand auf die Kladde. »Wer's nachlesen will – ich habe hier die wörtliche Übersetzung des Prozess-Protokolls dabei. Es beweist, dass sich in den Köpfen der Menschen die politischen Beschuldigungen, die sexuellen Verleumdungen, die Unterstellung sexueller Perversionen völlig miteinander vermengt hatten. Die konnten das gar nicht mehr trennen.«

»Dann ging die Rechnung der Pamphletisten ja auf«, sagt Sibylle.

Barbara atmet tief durch. Und seufzt befriedigt: »Nein. Das nicht. Wirklich nicht. Überraschenderweise. Eigentlich war alles perfekt eingefädelt, es hätte alles laufen müssen wie geschmiert. Denn weil Fouqier die Unterleibsschmerzen der Königin ausnutzen wollte, wurde der Prozess im Blitzverfahren anberaumt und die beiden Verteidiger von Marie Antoinette hatten keine Zeit, sich vorzubereiten …«

»Besser als die Pflichtverteidiger der Todeskandidaten in den USA, die meistens einschlafen oder bereits besoffen antreten«, sagt Rita zu ihren beringten Händen, die sie ausgespreizt vor sich hinhält.

»In China, dem Iran, in Saudi-Arabien und so weiter kennen Sie sich offenbar nicht aus«, sagt Nicole.

»Nein, denn dort wollte ich nie leben. Und dort habe ich nie gelebt. Die USA – das war für mich als Filmfrau Ziel meiner … ja, es klingt einfältig, aber es ist wahr – meiner Träume?«

Nicoles Nase und Wangen glänzen feucht. »… und was haben Sie dann noch dort zu suchen, im Land Ihrer Albträume? Ich wette, Sie haben ihrer Regisseurin hier nicht geraten, den Oscar abzulehnen, den diese widerlichen Amis an sie vergeben haben, richtig?«

»Können wir beim Thema bleiben?«, sagt Sibylle.

»Bleiben wir doch.« Rita beäugt noch immer ihre Hände, als suche sie darauf Flecken ausfindig zu machen. »Vergangenheit ist gegenwärtig, heißt doch das Thema der Kultregisseurin Sibylle Schlick.«

»… jedenfalls«, redet Barbara weiter, »ist der Anklage ein Fehler unterlaufen. Sie hätten wissen müssen, dass Marie Antoinette in einem Punkt unangreifbar war …«

»Und wo?«, fragt Rita.

»Als Mutter.«

»Hat sie das Mutterverdienstkreuz am Strumpfband getragen?« Karla jongliert gelangweilt mit dem Suppenlöffel.

»Sie hat ihre Kinder liebevoll und erstaunlich bescheiden erzogen. Sie hat persönlich am Bett gewacht, wenn ihre Kinder krank waren, sie hat bis zur völligen Erschöpfung neben ihrem ersten Sohn und neben ihrer zweiten Tochter gesessen, als die im Kindesalter dahingesiecht sind. Ein Reisender brachte ihr mal als nettes Souvenir aus dem Senegal ein schwarzes Kind mit, gedacht als Page ...«

»... so süß wie ein Sarottimohr«, sagt Rita mit schmalem Mund.

»... da hat sie den Knaben Jean Amilcar getauft, in ihren Haushalt aufgenommen und wie ihre vielen anderen Adoptivkinder aus ihrem Haushaltsgeld finanziert.«

»... dann gab es eben pro Kind einen halben Hut weniger«, kommt es kühl von Jenny.

»Die Vigée-Lebrun beschreibt«, redet Barbara weiter, »wie die Königin ihre sechsjährige Tochter angehalten hat, mit einem Mädchen vom Land zu essen und es zu bedienen. Ihre Kinder waren ihr Ein und Alles – vielleicht, weil sie sich nur ihrer Liebe wirklich sicher war. Und als die deformierten Rippen dem ersten Dauphin die Lungen eingedrückt hatten, war sie nach Wochen am Sterbelager völlig am Ende. Alles das hatte sich herumgesprochen ...«

»Okay, okay«, Karla atmet wie nach einem Langstreckenlauf. »Wir glauben es schon. Die Alte war als Mutter perfekt. Aber wen interessiert das bitte? Da gibt es wohl gar nichts Obszönes, Frau Professor ...«

»Es kommt schon«, sagt Barbara.

»Sauber«, strahlt Karla und legt den Löffel zur Seite.

»Es fing damit an, dass sie der Königin im Juli, also ein halbes Jahr, nachdem sie Ludwig geköpft hatten, den Dauphin weggenommen haben. Wie üblich kamen sie nachts und rissen alle aus dem Schlaf. Über eine Stunde lang hat Marie Antoinette ihren Sohn festgeklammert, dann hat sie aufgegeben. Und damit …«

»Wo ist übrigens Louis?«, fragt Sibylle. Sie steht auf. »Ich denke, wir sollten hier abbrechen.«

»Mach dir keine Gedanken«, sagt Karla. »Es ist hellichter Tag. Und es geschah doch immer nachts, hat es geheißen.«

10. Unterhaltung

Sie steht mitten in der Wiese auf dünnen, hässlichen, jedoch stabilen Beinen. Etwas ramponiert, aber durchaus belastbar. Karla macht sich gerade an ihr zu schaffen, spannt das Netz in der Mitte, dreht die Schrauben unten an der Platte fest.

Sibylle, Rita und Louis lehnen am Balkongeländer vor dem Haus und schauen hinunter.

»Karla ist der einzige von euch, der mal was mit mir macht«, erklärt Louis und greift in eine große Schachtel, die vor ihm auf dem Holzbrett steht. »Er hat daran gedacht, mir Negerküsse mitzubringen …«

»Schokoküsse«, sagt Sibylle.

»… typisch, er macht was Nettes und und du moserst rum«, sagt Louis und greift sich den nächsten Kuss. »Er hat mir die Tischtennisplatte rausgestellt und abgewaschen und spielt auch mit mir, dass du es gleich weißt.«

»Ach, ja?«, sagt Sibylle.

Karla kommt die Treppe herauf. »Ich hoffe, ich kann es noch mit einem so jungdynamischen Partner. Ich war mal richtig gut. Du weißt, neun Jahre Internat. Klosterschule. Was soll man da sonst machen … Wollen wir, Louis?«

Er hält ihm einen Schläger hin, beide ziehen zusammen ab.

»Mir wäre am wohlsten, wenn wir hier im Freien weiter machen könnten«, sagt Sibylle.

»Wegen der Aussicht oder wegen der Aufsicht?«, grinst Rita.

Ein paar Minuten später sitzen Jenny, Barbara, Rita, Sibylle und Nicole in dieser Anordnung nebeneinander auf dem schmalen Holzbalkon.

»Irgendwie komisch … wie Vögel auf dem Telegrafendraht«, sagt Jenny.

Nicole schaut durch eine übergroße Sonnenbrille hinaus auf die Weide. »Und bist du bereit zum Abflug?«

»Also, Barbara«, sagt Sibylle. »Wir waren bei Marie Antoinette in ihrer Rolle als Mutter …«

»Ja, also in dem Punkt schien sie unverwundbar. Und trotzdem hatten Fouquier, der Chefankläger, und Hébert, der als Zeuge aufgerufene Chefredakteur des *Père Duchesne*, beschlossen, sie genau da anzugreifen.«

»Aber warum denn das? Die mussten sich doch ausrechnen, dass das schief geht.« Jenny redet so laut, dass Karla und Louis irritiert heraufschauen, die Köpfe schütteln und erst weiterspielen, als Barbara zu reden anfängt. »Ich vermute«, sagt sie, »es hatte … wie soll ich sagen … symbolische Gründe, darauf kommen wir gleich. Zuerst jedenfalls verläuft der Prozess ohne Hindernisse. Die Zeugen waren begeisterte Freiwillige, die mit Inbrunst bestätigt haben, welche Orgien die Königin gefeiert hat. Und die Geschworenen? Na gut, ihre Berufe hören sich harmlos an – bis auf einen Dragoner, der noch ins Klischee passt: ein Lautenbauer, ein Chirurg, ein Lehrer, ein Kaffeesieder, ein Buchdrucker, ein Berufsloser, ein Perückenmacher und ein Musiker. Aber sie waren eben gründlich eingeschworen.«

»… wie heute auch«, fällt Rita ihr ins Wort, »bei den Prozessen gegen Mordverdächtige …«

»…ja, ja in den USA, wenn die Angeklagten schwarz sind«, sagt Nicole in bemüht gelangweiltem Ton, »wo dann schwarze

Geschworene einfach aussortiert werden. Das meinen Sie doch, oder?«

»Durchaus, aber es hört ja nicht auf mit dem Prozess, in den Begnadigungsausschüssen funktioniert es genau so – die Leute sind handverlesen vom Gouverneur, um überfallartige Anwandlungen von Menschlichkeit auszuschließen.«

Rita beugt sich nach vorn um zu sehen, was für ein Gesicht Nicole macht. Aber Nicoles Kopf lehnt reglos an der geschindelten Wand, ihr Blick ist ins Weite gerichtet. Sie bewegt die Lippen kaum beim Reden: »Und was sagte dieser Hébert denn nun Widerwärtiges?«

»Er hat behauptet«, sagt Barbara, »die Witwe Capet …«

»Wer bitte ist denn das jetzt?« Jenny klingt gereizt.

»Die Königin. Nach Abschaffung der Monarchie hatte man Ludwig XVI. nur noch Louis Capet genannt – abgeleitet von Hugo Capet, der ungefähr 800 Jahre vorher der erste König von Frankreich geworden war. Also: die Witwe Capet habe … habe es mit ihrem eigenen Sohn getrieben, mit dem achtjährigen Thronfolger. Marie Antoinette soll ihn zwischen sich und ihre jüngste Schwägerin Elisabeth, ihre engste Vertraute gelegt … und ihm gezeigt haben, wie Masturbieren geht und … und sie habe sich, berichtet Hébert, an ihm … vergangen.«

Es ist nichts zu hören als das Klacken der Tischtennisbälle auf der Platte.

Jenny ist aufgesprungen. Die Arme in die Taille gestemmt steht sie vor Barbara, als stamme die obszöne Anklage von der. »Aber wozu? Warum unterstellen diese Schweine ihr so etwas?«

Barbara klappt die Mappe auf ihrem Schoß auf. »Darf ich Ihnen den Wortlaut zumuten? ›Es besteht Grund zu der Annahme, dass dieser kriminelle Geschlechtsverkehr nicht nur zum Vergnügen stattfand, sondern mit der gezielten Absicht, das Kind zu schwächen, das sie noch gern auf dem Thron gesehen hätten und dann moralisch beherrschen wollten. Als Folge der Anstrengungen, zu denen er gezwungen wurde, erlitt er einen Hodenbruch, der bandagiert werden musste. Seitdem das Kind von der Mutter getrennt lebt, entwickelt es eine widerstandsfähige und kräftige Konstitution.‹«

Sie klappt die Mappe zu. Jenny steht immer noch vor ihr, angriffsbereit. »Wie kommen diese gottverdammten Schweine darauf? Wo haben sie das her?«

»Aus dem damals beliebten Standardwerk von Dr. Tissot, der behauptet, dass Masturbieren die Konstitution eines Menschen verheerend schädigt und zum geistigen, körperlichen und moralischen Verfall führt.«

»Nein, ich meine: wo nehmen sie die Beweise her für eine so … so ungeheuerliche Unterstellung. Keine Mutter …«

»Sind Sie denn eine?«, fragt Sibylle.

»Allerdings«, sagt Jenny. »Aber mein Sohn lebt bei seinem Vater, der sich mit kriminellen Methoden das Sorgerecht geholt hat.« Sie lässt sich erschöpft auf ihren Stuhl fallen.

»Und dann«, sagt Babara, »lag auch noch eine unterschriebene Aussage vor.«

»Von welchem der zahlreichen Lügner?«, fragt Nicole.

»Von Marie Antoinettes Sohn. Er hat sie auch eigenhändig unterzeichnet.«

»Wie bitte?« Nicole hat sich aufgesetzt. »Das Kind selbst soll seine Mutter verleumdet haben? Das ist doch nicht möglich.«

»Das ist durchaus möglich«, sagt Sibylle. »Und zwar heute, hier, in Deutschland …«

»Oh, in Deutschland? Wie originell. *I like it*«, sagt Nicole.

»… wo mittlerweile jeder dritte Vorwurf in den Scheidungsverfahren, das Kind sei sexuell missbraucht worden – meistens vom Vater – sich als reine Erfindung erweist. Die Beweismethoden sind abenteuerlich. Und welcher Richter will sich schon vorwerfen lassen, einen echten Fall nicht ernst genommen zu haben.«

»Missbrauch mit dem Missbrauch – auch ganz nett obszön«, sagt Rita. »Und das alles nur, um das Sorgerecht für irgend so ein schreiendes …«

»Was heißt da: nur?« Jennys Make-up ist verrutscht, ein Lidschatten hängt unter dem Auge. »So blöde kann nur jemand daherreden, der keine Kinder hat. Der Dreckskerl, von dem ich blöde Kuh mich habe schwängern lassen, hat meinem Kleinen so lange eingeredet, die Mammi habe täglich neue Onkels im Schlafzimmer, bis er genauso ausgesagt hat. Wenn ein Kind Phantasie hat, lernwillig ist und … sagen wir mal … im üblichenAusmaß bestechlich, dann dreht man es in ein paar Tagen komplett um. Komplett. Linke Seite nach außen, rechte Seite nach innen.« Jenny zieht die Nase hoch und reibt sie mit dem Ärmel ab. Barbara reicht ihr ein Taschentuch. »… und falls es Sie tröstet: Die Königin hat so ziemlich die gleiche Erfahrung gemacht. Obwohl es am Anfang nicht danach ausgesehen hat. Nachdem sie ihr den Sohn weggenommen und in der Etage drunter eingesperrt hatten, hörte sie ihn zwei Tage lang rund um die Uhr weinen und schreien. Der Schuster Simon, der als Erzieher für den Dauphin ausgesucht worden war, weil er grob und linientreu war, hatte wegen der Heulerei Angst, ihn in den Garten zu lassen. Als er es schließlich riskiert hat …«

»… wahrscheinlich, weil er das Geflenne nicht mehr aushielt«, sagt Rita.

»… vermutlich, ja, also: Kaum war er im Freien, hat sich der Junior vor den Kommissaren, die dort Wache hielten, aufgebaut und verlangt, dass sie ihm das Gesetz zeigen, das vorschreibe, ihn von seiner Mutter zu trennen. Aber kurz darauf muss er … umgekippt sein.«

»Und wie sollen die das angestellt haben, das Kind … umzudrehen?«, fragt Rita.

»Ganz einfach – es wurde ihm alles erlaubt«, sagt Sibylle. »Die Methode funktioniert ja immer noch einwandfrei. Und er wurde gelobt für das, was ihm vorher verboten war. Seine Aufpasser, mit denen er Karten gespielt hat, haben obszön und vulgär geflucht – und der Dauphin hat angefangen, genauso daherzureden. Wenn die Aufpasser dann vor Begeisterung gegrölt haben, hat er sich angestrengt, noch eins draufzulegen.«

»Und das war Folter für Marie Antoinette«, sagt Barbara, »denn die musste mit anhören, wie der achtjährige Thronfolger üble Flüche gegen Gott, seine Familie und den Adel im allgemeinen ausstieß.«

»Woher wollen Sie das denn wissen?«, fragt Rita. »Mir klingt das verdächtig nach einem Melodram aus späterer Zeit, als sie der Königin eine Märtyrerpalme in die Hand gedrückt haben und einen Heiligenschein aufgesetzt.«

»Freundlicherweise« – Barbara klappt ihre Mappe auf – »waren die Revolutionäre geradezu zwanghaft bemüht, alles zu protokollieren. Und den Stadtverordneten Daujon, der zu den Aufpassern des Dauphin gehörte, hat es offenbar sehr beeindruckt, wie schnell der Kleine gelernt hat. Also hier, Originalton Daujon: ›Der Raum, wo wir uns aufhielten, lag unterhalb des Zimmers seiner Familie; man hörte Schritte und ein Geräusch, als ob Stühle verschoben würden, was einen ziemlichen Lärm über unseren Köpfen machte. Da sagte dieses Kind mit einer ungeduldigen Bewegung: Sind denn diese verdammten Huren noch immer nicht guillotiniert?‹«

Jenny schluchzt.

»Rührselige Schauspielerinnen sind unprofessionell«, sagt Nicole.

»Und feindselige?«, kommt es von Rita.

»Ich bin nicht feindselig, sondern sachlich«, sagt Nicole. »Ich kann es mir schlicht nicht vorstellen, dass ein Achtjähriger aus der obersten Elite in ein paar Wochen zu einem brutalen Rüpel verkommt«.

»Dann sollten Sie vielleicht mal testen, wie sich ein Achtjähriger verändert, wenn er ein paar Wochen lang von morgens bis abends Video-Games spielt, zum Beispiel *Manhunt* …«

»… hört sich amerikanisch an, muss also schlimm sein«, sagt Nicole.

»Es ist völlig egal, wo es herstammt«, sagt Sibylle. »Was zählt ist, wer es kauft und ansieht. In Deutschland ist es offiziell verboten, aber – Zensur macht sexy – über das Internet ist es ein Importschlager …«

»Als Mitläufer sind die Deutschen immer schon besonders schnell gewesen«, sagt Barbara.

»Und worum geht es bei dieser Menschenjagd?«, fragt Rita.

»Der Spieler schlüpft in die Rolle eines verurteilten Mörders und um der Giftspritze zu entrinnen, muss er für einen Snuff-Film-Produzenten namens Starkweather möglichst viele Menschen umbringen. Es ist unvorstellbar, was da neuerdings …«

»Wenn dir das neu vorkommt«, sagt Rita, »dann solltest du vielleicht aufhören, von irgendwelchen Geschichtsbüchern den Staub abzuwischen.«

»Neu ist die Wahl der Waffen«, erklärt Sibylle. »Der arme Kerl hat ja keine Knarre, also muss er sich behelfen mit Plastiktüten, Glasscherben, Draht, Brecheisen, Hammer und Kettensäge. Und neu ist die Liebe zum Detail: man sieht ganz wunderbar genau, wie der Erstickende unter der Plastiktüte nach Luft schnappt, wie die Kettensäge …«

»Aufhören«, sagt Jenny, »bitte aufhören«.

»Und was lernen die lieben Kleinen dabei?«, erkundigt sich Rita.

»Ganz einfach: dass Gnade keinen Punktgewinn bringt. Und dass Brutalsein richtig Spaß machen kann und ordentlich punktet. Das haben die Aufpasser dem Dauphin damals ohne jeden technischen Aufwand beigebracht …«

»Und wie hat …« – Jenny putzt sich geräuschvoll die Nase – »Marie Antoinette darauf reagiert – dass ihr eigener Sohn sie verleumdet hat?«

»Beherrscht. Es war sicher schwer für sie, aber sie hat sich beherrscht.« Barbara klappt die Mappe wieder auf. »›Ich kenne die Vorfälle nicht, von denen Hébert spricht‹, hat sie gesagt.«

»Und dann?« Jenny hört sich noch immer verstopft an.

»… dann hat Hébert schnell das Thema gewechselt … er hat wohl gespürt, dass das nicht funktionieren würde … und fing an, Marie Antoinette wieder nach geheimen Nachrichten zu fragen, die sie aus dem Gefängnis geschmuggelt haben soll. Übrigens wirklich geschmuggelt hat. Aber da meldete sich einer der Geschworenen und monierte, dass die Angeklagte nicht auf Héberts vorgebrachte Beschuldigung geantwortet hat.«

»Der war wohl lüstern auf diese intimen Details«, sagt Sibylle. »Barbara, wie ging es weiter?«

»Marie Antoinette hatte bis dahin die meisten Fragen im Sitzen beantwortet. Jetzt stand sie auf und war, wie der Protokollant festhält, sehr erregt. Sie brachte nur heraus … einen Moment, ich will's Ihnen wörtlich sagen: ›Wenn ich nicht geantwortet habe, so deshalb, weil die Natur die Antwort auf eine solche Beschuldigung gegen eine Mutter verweigert.‹ Und dann wandte sie sich zu den Zuschauern. ›Ich appelliere an alle Mütter in diesem Raum …‹«

»Gar nicht so dumm«, sagt Rita.

»Nicht dumm?«, ruft Jenny empört. »Meinen Sie denn, das sei Berechnung gewesen? Ich kann es nicht glauben, dass eine Frau …«

Barbara legt ihr die Hand aufs Knie. »Jenny, das war doch nicht persönlich gemeint … Also: jedenfalls hatte Marie Antoinette auf einmal die Geschworenen, die Zeugen, die Zuhörer, natürlich vor allem die weiblichen auf ihrer Seite. Zuerst protokolliert der Schreiber nur mitfühlendes Gemurmel, dann zustimmende Rufe, schließlich einen derartigen Lärm, dass der Gerichtssaal zur Ordnung gerufen wurde. Ich meine, das war nur ganz kurz, diese Sympathieaufwallung für die Angeklagte, aber immerhin.«

»Aber wie konnte diesem … wie hieß der Hetzblattschreiber? Hébert und dem Chefankläger, der ja davon wusste, ein solcher … ja Fehler unterlaufen?« Ritas Stirn ist bis zum Haaransatz plissiert.

»Naja, der Fehler hatte …«, Sibylle schaut Barbara an, während sie redet, »… durchaus Methode, oder?«

»Was für eine Methode?«, fragt Rita.

»Einen Überraschungsangriff unter der Gürtellinie zu starten. Die Königin kannte ja die üblichen sexuellen Verleumdungen. Orgien, Saufgelage mit Gruppensex, lesbische Liebe, Polygamie … aber mit dem Vorwurf des Inzests hatte Marie Antoinette bestimmt nicht gerechnet.«

»Außerdem hatte«, sagt Barbara, »der Inzest-Vorwurf wie die anderen sexuellen Verleumdungen auch, etwas – wie soll ich sagen – etwas Symbolisches.«

»Verstehe ich nicht«, sagt Jenny.

»… na, es ist doch der Inbegriff des Widernatürlichen in unseren Augen.« Sibylle schaut zu ihrem Sohn hinüber, der sich mit Karla ein schnelles Gefecht liefert. »Und darum ging es ja: Marie Antoinette so sehr zum Monster zu verzerren, dass Mitleid nicht mehr möglich war. Im Grunde ein probates Mittel: wenn ein Gefängnisaufseher überzeugt ist, die Gefangenen seien Untermenschen, hat er kein schlechtes Gewissen, wenn er sie foltert und …«

»Und schon landen wir wieder beim Folterskandal in Abu Ghreib und in Guantanamo …«, kommt es von Nicole.

»Wer lenkt hier eigentlich vom Thema ab?«, fragt Rita. »Ich frage mich: wie konnten Hébert und Fouquier davon ausgehen, dass die Geschworenen das fressen … diese Unterstellung?«

»Die wussten, wie man erfolgreich verleumdet.« Sibylle kann den Blick nicht lösen von Louis, der mit roten Backen herumspringt. »Dass ein Gerücht nur alle Ingredienzien der bereits existierenden Vorurteile enthalten muss und schon glaubt es jeder, egal wie haarsträubend es ist. Barbara, wie war das noch mal mit der Halsbandaffäre?«

»In der Kurzfassung hört sich die Geschichte an wie eine billige Klamotte, schlecht erfunden. Die Geschworenen und auch die fünf Richter kannten das Ganze selbstverständlich in- und auswendig. Der Pariser Promi-Juwelier hat ein Rekord-Kollier gebastelt, 647 Brillanten, insgesamt 280 Karat, 1,6 Millionen Livres teuer. Auftragsarbeit eines reichen Käufers, der seiner Geliebten verfallen ist: Ludwig XV. wollte damit der Dubarry eine kleine Überraschung machen. Aber der Kunde stirbt und die Klunker verkommen zum Ladenhüter. Der Versuch, das Stück einer als verschwendungssüchtig bekannten Käuferin anzudrehen, scheitert – Marie Antoinette hatte nach einem Rüffel ihrer Mutter auf Sparkurs umgestellt und wollte das Ding nicht. Sie hatte zu dem Zeitpunkt bereits kapiert, dass es schlecht ankommt, wenn die da oben für reinen Luxus ein Vermögen ausgeben, während die da unten nichts zu beißen haben.«

»Da war sie weiter als die heutigen Topmanager«, sagt Rita.

»… also: der Juwelier dreht durch, bittet, fleht, droht mit Selbstmord, die einzig mögliche Abnehmerin bleibt hart. Eine strategisch und schauspielerisch begabte junge Frau namens de La Motte, die sich am Königshaus rächen will, das angeblich ihren Vater ermordet und sie um allen Besitz gebracht hat, entdeckt, dass ein zu Recht in Ungnade gefallener intriganter Kardinal alles täte, um wieder in Gnade aufzusteigen bei der Königin. Sie behauptet, sie sei eine enge Vertraute der Königin, belegt das durch vorgetäuschte Besuche und gefälschte Briefe, rät ihm, der Königin die verschmähten Klunker vorzufinanzieren, weil sie scharf darauf sei, aber sich nicht traue wegen der

Öffentlichkeit, macht den Kontakt auf zum Juwelier, fädelt alles ein und bestätigt die Hoffnungen des Kardinals mit einer Szene, exakt wie der aus der ›Hochzeit des Figaro‹ von Beaumarchais: Verwechslungskomödie im Dunkeln. Der Kardinal soll die Königin nachts im Schlosspark treffen, dort wird sie ihm ein Zeichen ihrer Gunst überreichen. Der Kardinal fährt hin, trifft im Park eine verschleierte Dame, die anzogen ist wie die Königin – das allseits bekannte Musselinkleid – und ihm den verabredeten Gunstbeweis, eine Rose, aushändigt. Der Kardinal ist begeistert und beruhigt, denn er bekommt von der Königin einen Brief, in dem sie verspricht, den horrenden Kaufpreis in vier Raten zu zahlen. Der Brief ist natürlich auch gefälscht und zwar miserabel. Der Juwelier liefert an den Kardinal, der Kardinal übergibt das Juwel einem Boten, der Bote übergibt es der de La Motte und die verscherbelt mit ihrem Mann zusammen die in Einzelteile zerlegte Kette in England, um das Vermögen dann in Frankreich in einem schlossartigen Anwesen anzulegen. Aber das Ganze muss auffliegen, weil keiner den Juwelier bezahlt. Beim Prozess wird der Kardinal freigesprochen, die rachsüchtige Intrigantin wird öffentlich mit einem glühenden Eisen gebrandmarkt – mit einem V als *Voleuse*, als Diebin. Aber die eigentlich Bestrafte ist die Königin, die von alledem nachweislich gar nichts wusste. Sie wird nachträglich als kriminelle Verschwenderin dargestellt und als rachsüchtige Nymphomanin, die sich am Kardinal nur hatte rächen wollen, weil er angeblich ihre lüsternen Anträge abgelehnt hatte.«

»Aber warum blieb der ganze Dreck an der Königin hängen?« Jenny hat ihren Stuhl so gedreht, dass sie Barbara, die neben ihr sitzt, im Blick hat.

»Weil … nun: Das Prinzip Verleumdung funktioniert, wenn einem Menschen das unterstellt wird, was als wahrscheinlich angesehen wird. Marie Antoinette galt damals – wie wir wissen nicht grundlos – als verschwendungs- und sexsüchtig. Es hat also alles gepasst …« Barbara zieht aus ihrer Rocktasche eine Tüte mit Gummibärchen, reißt sie auf und hält sie Jenny hin. »Will jemand? Ja, und allein schon dieses Schmuckstück selbst galt als obszön.«

»Was kann an einem Diamantschmuck obszön sein?« Jenny fummelt sich einen roten Gummibären heraus.

»Das Image. Bei dem sogenannten Halsband hat es sich um eine *rivière* gehandelt, ein überdimensionales Kollier, das man um den Hals schlang und übers Mieder bis fast zur Taille oder noch tiefer herabbaumeln ließ. Und das war damals der Lieblingsschmuck der sogenannten … Schauspielerinnen, die damit den Kontostand ihres Liebhabers oder generell ihren Marktwert vorgeführt haben. Wenn eine Frau eine *rivière* trug, rissen die Männer Zoten darüber. Weil sich eine *rivière* vom Dekolleté bis zur Schamgegend ergoss, wurde gelästert, das sei ein Fluss, der ins Tal fließe und zu seiner Quelle zurückkehre – denn die Quelle des Reichtums lag zwischen den Beinen.«

»Sie wollen also sagen, dass dieser … Hébert und dieser … Fouquier geglaubt haben, mit der Inzest-Verleumdung müsste es genauso hinhauen wie mit dieser Halsbandgeschichte, weil man einer angeblich verhurten, machtbesessenen Königin auch Inzest zugetraut hätte?« Rita hat sich ebenfalls ganz zu Barbara gedreht und zeigt Sibylle den Rücken.

»Ja«, kommt es nun von Sibylle, »weil es wie maßgeschneidert gepasst hat – wie bei der Inzestgeschichte mit Raoul damals, erinnert sich noch jemand daran?« Rita runzelt die Stirn, Nicole schüttelt den Kopf, Jenny murmelt etwas vor sich hin. »Das ist jetzt fünf, sechs Jahre her. Raoul Wüthrich. Ich habe es mir gemerkt, weil ich einen Freund mit demselben Nachnamen habe. Es fing damit an, dass kurz vor Mitternacht … die beliebte Nummer … Polizeibeamte den Tatverdächtigen aus dem Bett geholt haben und in Handschellen und Fußfesseln abgeführt. Er war damals *elf.* Eine Nachbarin hatte ausgesagt, Raoul habe seine fünfjährige Halbschwester mehrmals im Garten sexuell belästigt … er hat ihr geholfen die Unterhose auszuziehen, weil sie pinkeln musste. Und daraufhin wurde er für ungefähr zwei Monate ins Gefängnis gesperrt. Nach jedem Besuch des Anwalts oder des Konsuls wurde er von männlichen Aufsehern nackt ausgezogen und dann haben Gefängnismitarbeiter in allen Körperöffnungen des Elfjährigen nach versteckten Gegenständen gesucht …«

»Bist du da sicher? Das hört sich stark übertrieben an. Ich glaube, da hat deine Phantasie die Wirklichkeit etwas angereichert, was?« Rita hat sich wieder zu Sibylle gewendet. »Wo soll das denn bitte gewesen sein?«

»An den Ort erinnere ich mich nicht mehr, aber an den Bundesstaat – Colorado.«

Nicole steht auf, stellt sich mit dem Rücken zum Geländer, Sibylle gegenüber, die Arme verschränkt. Sie presst die Lippen aufeinander.

»… worum es mir geht«, sagt Sibylle: »Es wurde geglaubt, weil es gepasst hat – zu den Vorurteilen gegenüber Raouls Eltern. Der Stiefvater Schweizer, also Ausländer … ja und dann diese ominöse Firma, die er und seine Frau gegründet hatten. *Ultimate Fantasies* hat sie geheißen, das erinnere ich noch, und angeblich sollten Sexvideos produziert werden. Bewiesen werden konnte diese Unterstellung allerdings auch nicht. Es gab überhaupt keine Beweise, nur die Aussage einer Nachbarin, die den elfjährigen Wüstling angezeigt hat. Und die war der Ansicht, die Eltern seien schuld, weil sie ihre Kinder verderben.«

»Und Sie wollen behaupten«, platzt es aus Nicole heraus, »dieser Raoul sei ohne jeden Beweis verhaftet worden?«

Barbara zuckt die Schultern. »Die gab es bei Marie Antoinette doch auch nicht. Da wurden im Prozess reihenweise Augenzeugen für ihre wüsten Orgien aufgefahren, die Marie Antoinette nie im Leben gesehen hatte.«

»... aber Colorado ist doch ein Rechtsstaat ...«, sagt Nicole.

»... der wie alle amerikanischen Bundesstaaten die UN-Konvention zum Schutz der Kinder nicht unterzeichnet hat«, sagt Rita.

Nicole schaut von Jenny über Barbara und Rita bis hin zu Sibylle. Sie reißt den Mund auf und schreit. »Ich halte es nicht mehr aus. Ich halte es nicht mehr aus.«

Unten legen Karla und Louis die Schläger auf den Tisch und schauen herauf.

»Was?«

»Ihr wisst es alle, *right*? Ihr habt es von Anfang an gewusst, weiß der Teufel woher ... Internet oder was ... ihr bohrt und bohrt und bohrt in der Wunde ...«

»Was haben wir gewusst?«

»Das mit ... meinem Vater.«

»Was ist mit Ihrem Vater?«, fragt Sibylle.

»Mein Vater ist ... war ... ein Ehrenmann. Ehrenmitglied in wohltätigen Gremien, Ehrenbürger in zwei Städten, Laienprediger und Gründer eines Vereins gegen Abtreibung. Und einer der erfolgreichsten Staatsanwälte der USA.«

»Und?« Sibylle starrt Nicole an.

»Bei uns kommen nur die Staatsanwälte weiter, die in Prozessen Erfolg haben. Auch ein Mordprozess ist ein Zweikampf – der oder ich. Der Staatsanwalt muss also um jeden Preis gewinnen – der Preis kann auch sein, dass er entlastendes Material unterschlägt. Und mein Vater hat jedesmal das Todesurteil geholt, jedesmal, kapiert das hier irgendwer? Er hat Geschworene bestochen, er hat …«

»… gute Chancen, Präsident zu werden«, strahlt Rita.

»Nicht mehr, weil er sitzt. Ich habe ihn verraten. Das habt ihr doch irgendwie ausspioniert, oder?«

»Wie – verraten?«

»Es ging nicht anders. Ich bin daran fast zugrunde gegangen. Magersucht, alles was dazugehört. Weil ich ihn für die juristischen Sachen nicht reinhängen konnte, bin ich zu einem *shrink* gegangen. Und der hat bezeugt, er sei bei mir darauf gestoßen, dass mein Vater mich als kleines Mädchen missbraucht hat.«

»Und – hat er?«

»Nein, hat er nicht, meine Kindheit war absolut *clean* von Problemen, aber … wie haben Sie gesagt? Es hat gepasst. Sie hatten kurz davor ein paar Priester verknackt, die serienweise Kinder missbraucht hatten … und da traut man einem Laienprediger doch zu, dass er sich wenigstens an der eigenen Tochter vergriffen hat …«

Nicole sackt, als habe ihr jemand das Rückgrat gezogen, weich und lautlos in sich zusammen und kauert nun auf den Holzbrettern. »So, nun habt ihr mich in der Hand.« Sie lässt den Kopf nach vorne fallen, die Haare verschütten ihn.

Schweigend glotzen alle sie an.

»… also«, bricht Karla schließlich die Stille. »Bitte verurteilen Sie selbst.«

»Aber … wo ist das Problem?« Rita schaut Nicole freundlich an. »Das ist doch völlig in Ordnung … ich meine, dass Sie diesen – Verzeihung Kotzbrocken – denunziert haben. Denunziation ist auch eine Form von Revolution.«

»Das Problem?« Ruckartig hebt Nicole den Kopf. »Dass ihr mit euren *fucking* Vorurteilen recht habt. Das hasse ich.«

»Aber das stärkt unser Selbstwertgefühl«, erklärt Rita. »Und es prädestiniert Sie geradezu für die Rolle der Königin, die sich offenbar dauernd damit rumschlagen musste.«

»... außerdem hatte sie es in ihrem Prozess mit einem wie ihrem Vater zu tun«, sagt Barbara. »Fouquier hat ebenfalls alles unterschlagen, was für die Königin gesprochen hätte, er hat die Zeugen handverlesen und die Geschworenen geimpft ... und erreicht, dass das Todesurteil einstimmig gefällt wurde. Was die Verteidiger von Marie Antoinette gesagt haben, wurde vom Gerichtsschreiber gar nicht erst aufgenommen. Und im *Père Duchesne* stand zu lesen, sie hätten dem Richter nur gesagt, es hätte doch genügt, das fette Schwein, sprich den König, zu bestrafen und sie sollten wenigstens die Frau begnadigen. Also ich muss Rita recht geben, Sie sind ...«

»Was ist mit diesem ... diesem Fouquier passiert?«, unterbricht Nicole. »Ist der friedlich im Bett gestorben?«

»Nein«, sagt Barbara, »auf der Guillotine, eineinhalb Jahre nach Marie Antoinette. Aber vorher hat er noch Hébert köpfen lassen, seinen Hauptzeugen ...«

»Vielleicht hätte ich warten sollen. Vielleicht hätten sie ihn für mich erledigt, aber ich ... egal. Ich haue ab.« Nicole sieht alt und angestrengt aus.

»Wohin?« Sibylle steht mühsam auf.

»Ich glaube«, sagt Nicole mit schiefgezogenem Mund, »ich sollte mir mal Paris ansehen.«

11. Unterhaltung

»Wie lange soll das noch gehen?« Rita steht neben Sibylle am Fenster. Es hat die ganze Nacht durchgeregnet und jetzt, nachmittags um drei, strömt das Wasser noch immer gleichmäßig vom Himmel.

»Ich weiß nicht.«

»Die Qual der Wahl hast du jedenfalls nicht mehr. Entweder du nimmst diese … diese …«

»… kleine Society-Fotze«, kommt es von der Tür. Karla sieht erholt aus.

»… oder du lässt es bleiben.«

»Ich würde gern wissen, ob sie der Rolle gewachsen ist«, sagt Sibylle, ohne sich umzudrehen.

»Von der Oberweite her jedenfalls.« Karla stellt sich neben die beiden und schaut zum danebenliegenden Fenster hinaus in den Regen. Sie schweigen, bis sie Jennys Schritt hören. Alle drei drehen sich um.

Jenny trägt ein weißes Kleid und um den Hals ein schmales rotes Band. »Machen wir weiter mit diesem Bildungspalaver, oder können Sie sich aufraffen, mir die Rolle zu geben?«

Barbara ist hinter ihr hereingekommen. »Sie wollen mir doch nicht den Job rauben«, sagt sie. »Ich verdiene im Vierteljahr so viel wie Sie an einem Drehtag.«

»Ich finde, Intellektuellen steht Neid besonders schlecht.« Jenny setzt sich an den Tisch. »Also, dann beschäftige ich Sie:

Ich möchte endlich mal wissen, warum diese Kuh sich nicht selber umgebracht hat.«

Barbara nimmt neben Jenny Platz. »Der Gedanke ist naheliegend, ja. Aber als sie noch Gelegenheit dazu gehabt hätte, hat sie gedacht, das erledigt sich von alleine. Ich meine: ohne Henker. Schon aus den Tuilerien hatte sie an Fersen geschrieben: ›Der Haufen der Mörder wächst unablässig‹. Als Madame Campan, die Kammerfrau, Marie Antoinette überreden wollte, eine spezialangefertigte stich- und kugelfeste Weste zu tragen, hat sie sich geweigert. Und erklärt, es wäre für sie ein Glück, wenn irgendwelche wild gewordenen Bürger sie ermordeten.«

Jenny lehnt sich zurück und streckt die Beine von sich. »Gut, aber spätestens in diesem Todestrakt da hat sie doch kapiert, dass sie … also ich meine, dass sie selbst Hand anlegen müsste.«

»Schon«, mischt sich Sibylle ein, »aber … woher hätte sie etwas nehmen sollen, um sich umzubringen?« Sie setzt sich auf die Bank, Barbara gegenüber.

»Na ja« – Barbara wiegt den Kopf – »an der Materialbeschaffung lag es wohl nicht. Sie bekam jeden Tag Messer und Gabel zum Essen und das Messer war scharf, weil sie damit ihr Hühnchen tranchieren musste. Der Kammerdiener des Marquis von Coigny hat es auch geschafft, sich die Kehle durchzuschneiden. Osselin hat versucht, sich mit einem Nagel umzubringen und der Herzog von Châtelet hat zerstoßenes Glas geschluckt.«

»Mit Erfolg?«, fragt Jenny und nestelt an dem roten Band.

»Nein. Und als er dann versucht hat, seinen Kopf an der Wand zu zerschmettern, haben sie ihn daran gehindert. Marie Antoinette hatte also erst recht keine Gelegenheit mehr, sich selbst umzubringen. Denn jede ihrer Bewegungen wurde ja rund um die Uhr von den zwei Aufpassern in ihrer Zelle überwacht.«

»Aber warum eigentlich? Ich meine: Warum hat man die Todeskandidaten sich nicht selbst umbringen lassen? Sie haben doch erzählt, dieses Gefängnis, dieser Todestrakt, sei hoffnungslos überfüllt gewesen.«

»Weil man damit den Verurteilten etwas gelassen hätte, was ihnen in den Augen ihrer Gegner nicht zustand: Würde«, antwortet Sibylle. »Und zu den wichtigsten pornographischen Regeln gehört es, zu erniedrigen. Erniedrigen, wo es nur geht. Dazu muss man natürlich ein bisschen etwas gelernt haben.«

»Was soll das heißen?«, fragt Karla.

»... du musst wissen, was für wen besonders demütigend ist. Und am genüsslichsten ist es für die Täter, ihrem Opfer zu zeigen: Du kannst uns den Spaß, dich zu quälen, nicht nehmen«, sagt Sibylle.

Jenny verfolgt Sibylles Bewegungen, die Kartoffelchips in eine Schale schüttet. »Also: sie hatte keine Chance mehr sich umzubringen, kapiert. Die Königin, meine ich. Aber hier wird noch immer dauernd von Pornographie gequatscht. Und ich habe bis jetzt noch nichts gehört, dass man mit ihr im Todestrakt irgend so etwas angestellt hätte, wie es die GIs jetzt im Irak gemacht haben mit den Muslims.«

»Pornographisch war, wie man mit ihrer Leiche umging«, sagt Barbara.

»Was? Haben sie die geschändet?« Jenny richtet sich auf und sitzt mit durchgedrücktem Kreuz da.

»Nein, sie haben ihren Körper, wie üblich bei den Guillotinierten, mit dem Kopf zwischen den Beinen auf dem Friedhof der Madeleine verscharrt, wo sie auch die Leiche des Königs in eine Kalkgrube geschmissen hatten.«

»... daran hat sich bis heute nichts geändert, dass Hingerichtete namenlos vergraben werden, von China bis USA«, sagt

Rita. »Auf dem Friedhof von Huntsville steht auf den Holzkreuzen nur ein X für *executed* und die Hinrichtungsnummer.«

»Aber was ist daran bitte pornographisch?« Jenny starrt gebannt auf die Schale mit dem Gebäck. »Gibt es auch Cola?«

»Das Anonyme«, sagt Sibylle. »Pornographie verleugnet, dass ein Mensch eine Geschichte hat. Das ist ja auch in jedem Pornofilm so …« Sie steht auf, um zum Kühlschrank zu gehen.

»Ach, kennen Sie sich da so gut aus?« Jenny nimmt sich drei Chips.

»Da braucht es keine Experten.« Auch Karla lässt sich am Tisch nieder. »Ist doch logisch, dass es nerven würde, wenn da einer anfinge von seiner Vergangenheit oder seinen Zukunftsträumen zu labern. Ein Pornostar soll nur Schwanz oder Möse sein, basta. Gefühle sind im Porno so störend wie Moral in der Politik. Und diese Ärsche …«

»Ja, ja, Karla«, sagt Rita. »Aber verrennen wir uns da nicht? Bei Marie Antoinette und allen anderen, die geköpft oder gehängt werden, auf den elektrischen Stuhl oder an die Giftspritze kommen, geht es doch auch darum, dass Spuren verwischt werden sollen …«

Sibylle schenkt Cola in die Gläser. »In der Pornographie auch. Deswegen legen die sich ja immer die albernsten Künstlernamen zu.«

Jenny trinkt einen Schluck Cola und langt wieder bei den Chips zu. »Albern? Könnte ja auch sein, dass sie nicht auch noch ihren wahren Namen hergeben wollen, wenn schon sonst alles …« Sie trinkt wieder von ihrer Cola und holt Chips nach. »Ich hasse dieses Zeug. Cola macht hungrig auf Chips, Chips machen durstig auf Cola. Oh, ich hasse das.« Sie setzt sich auf ihre Hände. »Könnten wir jetzt mal zur Sache kommen. Mir reicht's. Ich habe keine Lust, hier noch tagelang mitzuspielen. Gibt es irgendetwas, was dagegen spricht, dass ich die Rolle kriege?«

»Ihr Instinkt«, sagt Barbara, »spräche dafür, aber ich habe da nichts zu sagen.«

»Welcher Instinkt?«

»Solche dünnen Bänder, wie Sie sich eins um den Hals geschnürt haben, trugen während der großen Hinrichtungswellen die Töchter, Schwestern, Freundinnen oder Mütter der Opfer – galt als sehr souverän und chic.«

»Danke für die Blumen. Also los: wer spricht hier das Machtwort?« Sie fixiert Sibylle, schenkt sich Cola ein und greift sich Chips.

»Ich … ich meine, besser gesagt … ich glaube oder nein, eigentlich: ich weiß nicht, ob Sie der Rolle gerecht werden können, was das … das …«

»… was das Hirn angeht? Ja, klar. Ich kenne mein Image. Ich weiß, dass ich als Gesellschaftshure gelte. Blond, sexy und dumm, bestenfalls gewitzt genug, mit den richtigen Männern ins Bett zu gehen. Immer haben sie mich klein gemacht. Meine Mutter hat mir ihr Leben lang einbläut, ich solle gefälligst lieb und nett sein, weil das der einzige Grund für die Leute sei, mich auszuhalten und mein eigener Bruder erklärt mich bis heute jedem gegenüber für geil aber blöd.«

Barbara lächelt sie an. »Joseph hat seine Schwester Marie Antoinette auch als hohlköpfig bezeichnet und Maria Theresia hat ihrer Tochter wieder und wieder geschrieben, ihr sei doch hoffentlich klar, dass es weder ihre Begabung und Intelligenz noch ihre Bildung sein könne, die ihr Sympathien verschaffen, weil sie davon nicht die Spur besitze.«

»Reizende Familie«, sagt Rita. »Aber solche Parallelen sind

vielleicht putzig, liebe Frau Professor, nur sie sagen nichts aus über die Eignung einer …«

»… einer – wie sagen Sie immer, Karla? Ja, ja, ich habe es mitbekommen … einer verfickten Fotze für eine Starrolle … kapiert.« Jennys Gesicht ist rot angelaufen. »Wenn Sie wüssten, wie gern ich eine … eine verfickte Fotze gewesen wäre … aber bis ich dreiundzwanzig war, hätte mich ein Mann nur *a tergo* bedienen können, weil ich derartig fett war.«

»… aber woher kommen dann diese … Gerüchte?«

Jenny lacht scheppernd. »Das fragen Sie! Woher Gerüchte kommen. Seit Tagen reden wir davon, dass es typisch für Gerüchte ist, dass keiner ihre Quelle kennt. Gerüchte gibt jeder weiter wie Falschgeld. Und was mich angeht: Sie kamen erst auf, als ich wie eine Blume aus meinem eigenen Fett aufgestiegen war. Es gibt jede Menge Männer, die nur drei Erklärungen kennen, wenn sie bei einer Frau nicht landen: Sie ist eine Lesbe oder sie ist frigide. Oder sie sagen: Ich hab die Finger von ihr gelassen, weil sich jeder seine an ihr abreibt und ich nicht dafür zahle …Und dann haben sie einen Klatschkolumnisten bezahlt … Gibt es hier im Haus eine Schere?«

»Ich glaube, in der untersten Schublade im Küchenbuffet habe ich eine gesehen«, sagt Sibylle. Jenny steht auf. Keiner redet ein Wort, bis sie zurückkommt, die Schere in der Hand. Sie setzt sich hin und schneidet rüde in ihre Mähne hinein. Sibylle, Karla und Rita starren sie fassungslos an, wie sie das lange schwere Haar so grob es geht absäbelt.

»Ich mache es Ihnen jetzt ganz leicht. Ich sage Ihnen, warum ich für die Rolle wirklich schlecht geeignet bin: Ich bin eine absolute Befürworterin der Todesstrafe.« Das blonde Haar bedeckt den Boden wie ein Fell. Jenny schneidet weiter, während sie redet. »Meine Mutter war mal eine wirklich gute Designerin. Aber seit zehn Jahren ist sie ein Wrack. Kokst, säuft, schluckt Pillencocktails wie Wasser.«

»Und was war vor zehn Jahren?«, rafft sich Sibylle auf, die wie die anderen gelähmt Jennys Selbstverstümmelung zusieht.

»Da ist ihr Vater mit 85 in einer sehr schönen Villa in Argentinien gestorben.«

»… war sein Tod denn so schrecklich?«

»Ja«, sagt Jenny weitersäbelnd, »weil er so friedlich war. Und weil in der Öffentlichkeit da erst aufkam, wer dieser elegante Herr in der eleganten Villa gewesen war. Jedes Provinzblatt hat über ihn geschrieben – einen der letzten Nazi-Ärzte. Und das, das finde ich obszön: dass so eine *cleane* Drecksau, der ganz *clean* gemordet hat, ganz *clean* und ruhig stirbt. Hat nur noch gefehlt, dass er zum 95. Geburtstag Wahlmann für den nächsten deutschen Bundespräsidenten hätte spielen dürfen.« Sie lässt die Schere auf den Boden fallen. »Und ich wäre auch dafür gewesen, Marie Antoinette umzubringen. Wen hat die aus nacktem Egoismus alles auf die Guillotine gebracht. Ja ja, Frau Professor, den Teil der Geschichte haben sie uns vorenthalten. Aber mit einem Großvater wie meinem macht man sich auf die Suche … Die ach so edle Königin hat doch diesen Barnave auf dem Gewissen, stimmt 's?«

»Ja«, sagt Barbara, »er wurde zwei Wochen nach ihr geköpft. Sie hat an Fersen geschrieben … sinngemäß … er solle sich keine Sorgen machen, dass ihr Lavieren mit diesen Verrückten ernst gemeint sei, sie habe viel zu viel Abscheu vor Barnave und Konsorten, um sich von denen irgendetwas sagen zu lassen.« Sie räuspert sich. »… ich wäre übrigens schon noch …«

»Wäre, wäre … also: den hat sie doch übel verarscht. Er hat sich reingehängt für diese … wie nennt sich das: konstitutionelle Monarchie, die Königin hat getan, als wäre sie auch dafür und hinten herum hat sie klar zugegeben, dass sie nicht im Traum dran dächte, so etwas Absurdes zu unterstützen. Politisch hat die sich doch wirklich ganz mies benommen. Und dann auch noch die Sache mit der Schwester von Madame Campan. Die leiht ihr Geld und diese blöde Königin gibt das beim Verhör an. Aber die Campan-Schwester war wenigstens schneller als Marie Antoinette. Die hat sich sofort aus dem Fenster im dritten Stock gestürzt, als man sie verhaften wollte.«

Sibylle glotzt Jenny an, die da sitzt, den Hals freigelegt, die Mundwinkel nach unten gezogen. Nie hätte sie geglaubt, dass irgendwer die Mundwinkel so weit nach unten ziehen könnte. »Sie sehen … Sie sehen jetzt …«, stottert sie.

»Ich weiß«, sagt Jenny. »Aber jetzt ist es vorbei. Ihr seid doch selbst ein pornographischer Sauhaufen. Ihr macht mit einem dasselbe wie die Pornos und die Chips und die Cola: Ihr macht einen nicht satt, nur hungrig. Ihr macht einen scharf auf so eine Scheißrolle, ihr macht einen derart heiß drauf, dass man tut, als fände man diese Tussi bewundernswert und wenn man schon fast selber dran glaubt … dann lasst ihr einen hängen. Das ist Pornographie: aufgeilen, aber nicht befriedigen.« Sie steht auf. Am Treppenaufgang dreht sie sich noch mal um. »Übrigens, machen Sie sich finanziell keine Sorgen um mich. Ich habe drei alternative Superangebote aus Italien. Drei Hauptrollen, wo ich von vorne und hinten bedient werde. Ohne AIDS-Test und ohne Gummi. Sie sehen, man braucht kein Fallbeil und kann die Beseitigung selbst erledigen.«

»Meint sie das ernst?«, fragt Barbara und macht Anstalten, aufzustehen.

Rita hält sie fest. »So ernst wie die Story mit dem Großvater. Ich kenne ihn. Das hat sie wohl verdrängt.«

»Und?«

»Er war ein Paparazzo. Einer der ersten überhaupt. Und hat Jackie Kennedy, als sie Onassis hieß, gejagt. Verfolgt, bis aufs Klo. Und öfters erlegt, als jeder andere.«

»Und die Mutter? Was ist mit der? Stimmt das denn?«

»Dass sie säuft, kokst und alles schluckt, was giftig ist, stimmt. Aber der Grund ist, dass ihr Mann auch ein Paparazzo ist, sich auch brav in Müllcontainern versteckt, um brisante Schnappschüsse zu machen, aber immer danebenschießt. Und schließlich mit echt scharfen Fotos das Gerücht in die Welt gesetzt hat, seine Tochter sei eine Gesellschaftshure.«

12. Unterhaltung

Karla sitzt am Tisch und liest, als Sibylle hereinkommt. Er stöhnt, reibt sich die Stirn, schüttelt den Kopf, hält sich die Hand auf den Magen. Neben dem Buch hat er ein Glas Wasser stehen.

»Was liest du da, dass es dir so graust?«

»Aus der Bibliothek unserer Professorin. Mich wundert sehr, dass sie sich einen solchen gesegneten Appetit erhält bei derartiger Lektüre.« Er klappt das Buch zu. *Les pamphlets libertins contre Marie Antoinette* steht außen drauf. Und darunter klein: *D'apres des documents nouveaux et les pamphlets tirés d'enfer de la Bibliothèque Nationale.*

»Ich hätte vermutet, dass dir das schmeckt«, sagt Sibylle. »Pamphlete, die aus der Hölle der Nationalbibliothek gezogen wurden …«

»Nein, meine Gute, es schmeckt widerwärtig. Und es ist unverdaubar. Eine derart vulgäre Diktion … und das bitte aus dem Paris des Louis Seize, ich liebe diesen Stil … verschafft mir gastrointestinale Nöte …«

»Was ist denn mit dir los? Wie redest du denn auf einmal daher? Liest französische Fachbücher …Vor drei Tagen hast du noch so getan, als würdest du nicht wissen, was Embonpoint heißt.«

»Vor drei Tagen ging es noch immer darum, meine übliche Rolle zu spielen. Aber davon muss ich mich ab und zu erholen.

Ich habe es zwar bisher vermieden, euch damit zu irritieren, aber … ich hasse diese verfickte Fotzen-Sprache.«

»Das merkt aber keiner, der dir zuhört. Du bringst wirklich jeden dazu, dass er sich geniert.«

»Tue ich das?« Karla grinst wie ein alter, erschöpfter Clown. »Dann haben meine Bemühungen wenigstens ihren Zweck erfüllt. Das Schönste an der Pornographie ist, dass die meisten Menschen darauf so zuverlässig reagieren: erschreckt und verunsichert. Das funktioniert wie auf Knopfdruck. Wenn du pornographisch daherredest … dann funktioniert das besonders gut, wenn du damit die heimlichen Gedanken der gesitteten Gemeinde enthüllst. Und das Beste: alle zucken zusammen. Dass bei uns ein derber Fluch Kraftausdruck heißt, sagt doch schon einiges …«

»Ist das der Grund, dass du dir diese … Sprache angewöhnt hast?«

»Ich wollte, dass endlich mal alle herhören. Und dass ich anderen so viel Peinlichkeiten bescheren kann wie meine Eltern mir. Sie hatten Geld und den Ehrgeiz, mich in eine Eliteschule zu stecken. Aber mein Vater hatte außerdem zwei Zentner Übergewicht und meine Mutter eine Psychose. Wenn sie depressiv war, hat sie alles dichtgemacht, wenn sie manisch war, hat sie sogar die Toilettentür beim Urinieren offen gelassen und ist meinen Schulfreunden an den Hosenlatz gegangen. Weißt du, wie das ist, wenn man sich dauernd genieren muss für Peinlichkeiten, an denen man keinerlei Schuld trägt?«

Sibylle setzt sich neben Karla. »Da hast du die Flucht nach vorn angetreten …«

»… aber ich fühle mich dort vorn so unwohl wie in einem Pornofilm oder in einem Fast-Food-Lokal – was übrigens vieles gemeinsam hat. Weißt du, ich hatte gehofft, mit deinem

Film über Marie Antoinette ganz unauffällig eine Welt zu betreten, wie ich sie liebe. Dekadent, aber erlesen … Niedergang mit Stil.«

Barbara und Rita sind hereingekommen. »Ja, das hat es gegeben«, sagt Barbara.

»Niedergang mit Stil. Ein Graf namens Beugnot, der zur gleichen Zeit wie Marie Antoinette in der Conciergerie eingesperrt war, hat das beschrieben. Er war nicht wie sie in Isolationshaft, sondern in einem Flügel, wo man zu dem Hof hinunterschauen konnte, in dem die Frauen Ausgang hatten. Morgens erschienen sie in einem eleganten Negligé, wie blütenfrisch – keiner hätte vermutet, dass sie die Nacht auf einem stinkenden Strohsack verbracht hatten. Mittags perfekt gekleidet und frisiert, abends im feinen Deshabillé …«

»Was? Die sollen sich im Todestrakt dreimal umgezogen haben? Wozu denn das?«, fragt Louis.

Sibylle starrt ihn an. »Wo kommst denn du auf einmal her?«

»Mir reicht es, immer unter der Treppe zu sitzen, wenn ihr da herumdiskutiert. Da riecht es irgendwie modrig …«

»Wie bitte? Du warst …«

»Was regst du dich auf? Ich finde Geschichte jedenfalls nicht mehr öde, das ist doch ein voller Erfolg, was? Könnte ich jetzt mal erfahren, warum die sich dreimal am Tag …«

»… um ihre Würde zu wahren«, sagt Barbara. »Um, wie es bei diesem Beugnot heißt, diesem ganzen blutrünstigen Pack zu sagen: Ihr könnt uns das Leben nehmen, wann immer es euch gefällt, aber ihr werdet uns nicht daran hindern, liebenswürdig zu sein.«

»… hört sich ja herzzerreißend an«, sagt Sibylle, »aber wir wollen zugeben, dass es auch der Adel war, der mit seiner Dekadenz die Wut der Hungerleider provoziert hat. Eine Wut, die sich pornographisch prächtig entladen konnte. Wenn ein ach so erlesener Aristokrat nichts im Kopf hat, als die Steigerung des sexuellen Kitzels, muss er sich nicht wundern, wenn die Pamphletisten ihn so porträtieren, dass dieser Kopf aus nichts als Geschlechtsteilen besteht – die Wangen Hinterbacken, die Nase ein Schwanz, die Augenlider Schamlippen …«

Sie schaut erschrocken auf Louis. »Oh mein Gott, du hast wirklich die ganze Zeit …?«

Rita legt eine Hand auf Sibylles Schulter. »Meine Gute, auch wenn es die Anti-Porno-Front nicht wahrhaben will, aber der Hinweis, dass Jugendlichen Aufklärung schadet, wurde bisher nicht erbracht. Was die Handy-Strahlung angeht, hat man sich die Untersuchungen bisher erspart. Und falls dich ausnahmsweise mal Statistik interessiert: Die meisten Sexualverbrecher konsumieren weniger Pornos als der Durchschnitt der friedlichen Menschen, weil die Täter oft aus verklemmten Elternhäusern kommen. Also … du hast Grund zur Hoffnung, dass Louis nicht anfängt, seine Freundinnen zu schänden.«

»… außerdem komme ich übers Netz sowieso an alles ran. Da brauche ich euch nicht dazu«, strahlt Louis, geht schlurfend zur Tür. Dort dreht er sich noch mal um. »Und deine Kreditkartennummer könnte ich auch mühelos eingeben.« Er öffnet die Tür und geht hinaus ins Freie.

»Nachdem ich mich jetzt geoutet habe«, sagt Karla, »würde mich eins interessieren: warum ihr als emanzipierte Damen gegen Pornographie, die ja letzten Endes immer frauenfeindliche Züge besitzt, nichts einzuwenden habt, geschweige denn, zu unternehmen gedenkt.«

»Weil Verbieten nichts bringt«, sagt Rita.

»… so wenig wie zu Zeiten Marie Antoinettes«, sagt Barbara,

»wo es für jeden Hausierer geradezu ein Sport war, frühmorgens als erster an einer der gut versteckten Druckereien die druckfrischen Pamphlete abzuholen und im Rekordtempo in den Kaffeehäusern, Weinstuben und auf den Quais zu verkaufen, möglichst mit lautem Werbegeschrei … besonders vor den Tuilerien, unter den Fenstern, hinter denen die Königin saß.«

»… und weil diejenigen, die Pornographie mit Stumpf und Stiel ausrotten wollen« – Sibylle blättert in dem Buch über die Pamphlete – »keine sympathische Gesellschaft sind. Die Nazis haben es versucht, relativ erfolgreich, und in der DDR gab es zwar besonders viele Abtreibungen, aber keinen Pornomarkt.«

»Dabei wäre es doch ausgesprochen erheiternd, wenn sie es mit ihrem Herrn Staatsratsvorsitzenden gemacht hätten wie die Franzosen mit ihrer Königin. Und in netten Bildern gezeigt hätten, wie ihm jeder einfache Genosse seine Hand an die Intimteile legen darf«, sagt Rita.

»…muss, wolltest du sagen.« Sibylle kräuselt die Oberlippe. »Aber unser Erich hätte wohl kaum damit gerechnet, dass ausgerechnet er der Beate Uhse ein sensationelles Geschäft beschert, denn ohne ihn wäre nie so ein praller Nachholbedarf entstanden.«

»… allerdings, ich erinnere mich genau«, sagt Rita. »Kaum war in Berlin die Grenze offen, standen sie in der Kantstraße Schlange vor den Pornoshops. Und wie ich höre, machen die nach wie vor ein sauberes Geschäft.«

»Na ja, sauber? Dass ausgerechnet in den Grenzbaracken, wo früher die Leibesvisitationen vorgenommen worden sind, Pornoläden aufgemacht haben, finde ich einigermaßen obszön.« Sibylle steht auf und holt eine Flasche Wasser aus dem Kühlschrank.

»Nicht obszöner«, sagt Rita und gießt sich Wasser ins Glas, »als wenn sich bei den Sightseeing-Touren in Huntsville Liebespaare in eine Original-Zelle sperren lassen und nachher schwärmen, der Sex sei nie schärfer gewesen als dort.«

»À propos schärfer«, sagt Barbara, »gibt es hier auch etwas Schärferes als Wasser? Ich brauche etwas, um diesen schmalzreichen Disput zu verdauen.« Und während Sibylle ihr einen Whisky einschenkt, erklärt Barbara: »Irgendetwas wurde hier nicht verstanden: Pornographie will kein Mitleid. Das finde ich so erfrischend daran. Und wer Geschäfte mit Pornographie macht, braucht keine moralische Rechtfertigung. Beate Uhse hat natürlich bis zum Schluss getan, als sei sie eine Missionarin mit hehrem Anliegen – ich weiß noch wie sie bei der Eröffnung ihres Erotik-Museums gesagt hat: ›Ich bin eine Berlinerin.‹ Ich dagegen verzichte auf diesen Schmonzes ...« Sie leert ihr Glas bis zur Hälfte.

»Sie?«, sagt Karla. »Wollen Sie etwa sagen, dass Sie selber im Pornogeschäft ...«

»... allerdings nur als stille Teilhaberin ... und Expertin. Geschichte ist pornographisch. Warum soll dann eine Historikerin nicht daran verdienen?«

Rita umfasst Barbaras Rechte mit beiden Händen. »Gratuliere. Endlich jemand, der von der Geschichte etwas lernt.«

13. Unterhaltung

»Schön kühl hier«, sagt Rita, als sie Sibylles Wohnung betritt. »Das stimmt einen gleich milder.«

»Den scharfen Abgang musstest du ja Barbara überlassen«, lächelt Sibylle.

Rita geht in Richtung Wohnzimmer. »Aber bevor du mir verrätst, was du nun mit dieser Marie Antoinette-Kiste anfangen willst, würde ich eins noch gern wissen ... da haben wir aus irgendeinem Grund nicht weitergeredet: Warum, glaubst du, hat Marie Antoinette es geschafft, mit soviel Klasse zu sterben?« Sie lässt sich auf das Sofa fallen. »Hat sie sich vorgestellt, dass ihr Bruder auf einem Schiff mit blutroten Segeln daherkommt und sie rettet? Dass sie sich rächen kann für all die Schande? Meinst du, dass irgend so eine ... tröstliche Vorstellung sie aufrechterhalten hat?«

»Na ja, eine Zeit lang war sie schon von Rachegedanken erfüllt. Noch ein Jahr vor ihrer Hinrichtung hat sie an Mercy geschrieben, der Krieg Österreichs gegen Frankreich sei dringend notwendig, um sie endlich für alle Kränkungen und Erniedrigungen zu rächen, die ihr in diesem Land zugefügt worden sind. Aber was sie ganz zum Schluss geäußert hat, hört sich völlig anders an. Dabei hatte sie da mehr Grund, ihren Henkern Rache zu schwören, als je zuvor. Nach einem zwanzigstündigen Verhör und einem Prozess von zwei Tagen à ungefähr fünfzehn Stunden, bei dem von vornherein feststand, wie er ausgehen würde ... Also ich finde, da wäre Rachsucht eigentlich ganz natürlich gewesen.«

»Wem hat sie denn ihre *famous last words* anvertraut?«

»Dem Briefpapier. Sie hat an Elisabeth geschrieben, an die jüngste Schwester von Ludwig ... die den Brief übrigens nie bekommen hat. Der Hausmeister der Conciergerie hat ihn irgendwem vom Revolutionstribunal ausgehändigt und die haben befunden, der Brief sei verdächtig ... konspirativ.«

»Das Übliche. Zuerst werden sie mundtot gemacht und dann ganz. Immerhin hat man ihr Schreibzeug gegeben«, sagt Rita. »In den amerikanischen Todestrakten gibt es Häftlinge, die haben keinen Cent und deshalb keine Chance, zu telefonieren oder irgendjemandem einen Brief zu schicken. Aber was war da nun mit Marie Antoinettes Vermächtnis?«

»Sie hatte um halb vier Uhr ihr Todesurteil vernommen. Ohne zu zittern, ohne eine Träne zu vergießen. Und um halb fünf hat sie sich hingesetzt ... einen Moment, ich hole schnell den Text ...« Sibylle kommt, das Buch in der Hand, und setzt sich neben Rita. »Also, wörtlich: ›Ich schreibe Ihnen, meine liebe Schwester, zum letztenmal, denn ich bin nicht etwa zu einem schmachvollen Tod – er ist es nur für Verbrecher –, sondern dazu verurteilt worden, den gleichen Weg zu gehen wie Ihr Bruder. Ebenso unschuldig wie er, hoffe ich in den letzten Augenblicken die gleiche Standhaftigkeit zu bewahren wie er. Ich bin so ruhig, wie man es ist, wenn man ein reines Gewissen hat; nur bedaure ich zutiefst, meine armen Kinder zu verlassen. Sie wissen, dass ich nur für sie lebte, und Sie, meine gute und zärtliche Schwester, die uns aus Freundschaft alles geopfert hat, um unser Los zu teilen, in welch einer Lage muss ich Sie zurücklassen!‹«

Sibylle lässt das Buch sinken. »Dass sie Elisabeth auch köpfen würden, war ihr wohl klar – die war am 10. April '94 dran.« Sie nimmt das Buch wieder auf. »Im Lauf des Prozesses habe ich durch das Plädoyer erfahren, dass meine Tochter von Ihnen getrennt wurde. Ach! Das arme Kind, ich wage es nicht, ihr zu schreiben, denn sie wird meinen Brief nicht erhalten; ich weiß nicht einmal, ob dieser hier Sie erreichen wird, erteilen Sie ihnen beiden meinen Segen. Ich hoffe, sie werden eines Tages, wenn sie größer sind, mit Ihnen wieder vereint werden, und sich Ihrer liebevollen Fürsorge erfreuen können. Mögen sie beide stets daran denken, was ich sie immer gelehrt habe: dass sie ihr Leben in erster Linie auf den Grundsätzen der Pflichterfüllung gründen sollen; dass ihre Freundschaft und ihr wechselseitiges Vertrauen zueinander ihr Glück bedeuten wird; dass meine Tochter, wie es ihrem Alter und ihrer größeren Erfahrung entspricht, dem Bruder immer durch freundschaftliche Ratschläge zur Seite stehen möge; dass mein Sohn wiederum es an freundschaftlicher Fürsorge und Hilfe für seine Schwester nicht fehlen lasse; dass sie beide, in welcher Lage sie auch sein mögen, ihr einzig wahres Glück in der Eintracht finden und sich an uns ein Beispiel nehmen: wie sehr hat uns doch unsere Freundschaft im Unglück getröstet, und wie viel mehr genießt man das Glück, wenn man es mit einem Freund teilen kann. Und wo fände man liebevollere und zärtlichere Freunde als in seiner eigenen Familie?

Möge mein Sohn niemals die letzten Worte seines Vaters vergessen, die ich ihm ausdrücklich wiederhole: Nie soll er versuchen, unseren Tod zu rächen.

Nun muss ich auf etwas zu sprechen kommen, was mir das Herz schwer macht. Ich weiß, welchen Kummer dieses Kind Ihnen bereitet haben muss; vergeben Sie ihm, meine geliebte Schwester. Denken Sie an sein Alter und daran, wie leicht man einem Kind beliebige Worte in den Mund legen kann, selbst solche, die es nicht versteht; eines Tages wird er, hoffe ich, um so mehr Ihre Güte und Zärtlichkeit ihm und seiner Schwester gegenüber zu schätzen wissen.

Nun bleibt mir nur noch, Ihnen auch meine letzten Gedanken anzuvertrauen. Ich wollte Ihnen schon zu Beginn des Prozesses schreiben; aber nicht nur hat man mich nicht schreiben lassen, sondern es ist alles so schnell gegangen, dass ich gar keine Zeit dazu gehabt hätte. Ich sterbe in der apostolischen römisch-katholischen Religion, in der ich erzogen wurde, und die ich immer ausgeübt habe, wiewohl ich keinen geistlichen Trost zu erwarten habe, denn ich weiß nicht, ob es hier noch Priester dieser Religion gibt, und ob der Ort, an dem ich mich befinde, für sie nicht zu gefährlich wäre, wenn sie ihn zu betreten wagten. Ich bitte Gott aufrichtig um Vergebung für alle Fehler, die ich in meinem Leben begangen habe. Ich hoffe, er erhört in seiner Güte meine letzten Wünsche so wie jenen, um den ich immer gebetet habe: Er möge in seiner Barmherzigkeit und Güte meine Seele zu sich nehmen. Ich bitte alle, die ich kenne, und insbesondere Sie, liebe Schwester, um Verzeihung für alles Leid, das ich Ihnen, ohne es zu wollen, zugefügt haben könnte. Ich vergebe allen meinen Feinden das Böse, das sie mir getan haben. Ich nehme hiermit Abschied von meinen Tanten und allen meinen Brüdern und Schwestern. Ich hatte Freunde; der Gedanke, für immer von ihnen zu scheiden, und ihr Kummer

macht mir das Sterben schwer. Zumindest sollen sie wissen, dass ich bis zuletzt an sie gedacht habe.

Adieu, meine gute, liebevolle Schwester, möge dieser Brief Sie erreichen! Denken Sie immer an mich, ich umarme Sie von ganzem Herzen ebenso wie meine armen, lieben Kinder: Mein Gott, es zerreißt mir das Herz, sie für immer zu verlassen! Adieu, adieu! Ich werde nur noch meinen religiösen Pflichten nachkommen. Da ich hier nicht frei entscheiden kann, wird man vielleicht einen Priester zu mir schicken, aber ich beteure an dieser Stelle, dass ich ihm kein Wort sagen und ihn wie einen völlig Fremden behandeln werde.

Marie Antoinette.«

Rita schaut in das Buch. »Ist das, was nebendran abgedruckt ist, das Original? Starke Schrift, unglaublich. Eine Stunde vor der Hinrichtung – da würde ich keine Zeile mehr gerade kritzeln können. Und ihr Abgang war, wenn ich mich richtig erinnere, auch noch stärker als der von Ludwig.«

»Ja, der hat es für nötig gehalten, sich zu rechtfertigen. Stand neben der Guillotine und hat so laut es ging erklärt, er sei unschuldig.«

»Ist ja auch verständlich«, seufzt Rita. »Ich würde auch die Klappe nicht halten können. Ich wäre mehr wie dieser Gary Graham. Erinnerst du dich an den Fall? Es war glaube ich Sommer 2000, als sie ihn wegen Mordes hingerichtet haben, nachdem er 19 Jahre lang in der Todeszelle gesessen hat. Der hat bis zuletzt gesagt, geschrieen und geschworen, er sei unschuldig. Es haben viele Indizien dafür gesprochen. Die Kugel, mit der das Opfer erschossen worden war, stammte nicht mal aus der Waffe, die bei Gary gefunden worden war. Und sein Versuch, in Berufung zu gehen, war daran gescheitert, dass sich kein Gericht fand, das die Zeugen angehört hätte. Er hat um sich geschlagen, sich mit allen Kräften gewehrt, hat geschrieen und den Staat als Mörder verflucht. Und ist jämmerlich gestorben. Voller Wut und Hass und Angst. Ich glaube, mir wäre es an seiner Stelle genauso ergangen.«

»Aber es gab und gibt eben die anderen, und die tun sich leichter. In der Conciergerie saß eine sehr schöne Frau namens Agathe Jolivet, die ungefähr zur gleichen Zeit wie Marie Antoinette geköpft worden ist. Als sie auf den Schinderkarren gestiegen ist, hat sie den Gehilfen des Henkers lachend umarmt. Das ist doch unfasslich, dass es damals anscheinend einige geschafft haben, lachend zu sterben. Und dass die Mehrzahl in ihren Abschiedsbriefen ihren Mördern und Verrätern vergeben haben.«

»Aber gelacht hat die Königin den Bildern nach wirklich nicht.«

»Nein, aber vergeben.«

»Und du bildest dir ein, Vergeben mache das Sterben leichter? Also ich weiß nicht. Das ist doch wohl eher ein sentimentaler Wunsch, wenn man zu viel im Neuen Testament gelesen hat …«

»Gut, beweisen kann das keiner. Aber es gibt Gründe, es zu glauben. Ich habe mal von einer Studie gelesen, in der es um posttraumatische Beschwerden von Menschen ging, die schwere und lange Folterungen überstanden haben. Darunter auch der Arzt des Dalai Lama, den die Chinesen besonders grässlich gequält hatten. Er hat gesagt, er habe, sogar während er geschunden wurde, nur gedacht, wie bemitleidenswert seine Folterknechte seien. Finstere Existenzen im wahren Wortsinn – Welten entfernt von der Erleuchtung. Und der Mann leidet heute nicht unter fürchterlichen Angstträumen und Panikattacken wie die, die sich verzweifelt und wütend Rache geschworen haben. Liebe als Schmerzmittel, Liebe als Methode zur

Überwindung von Angst – also wenn das funktioniert, ist es doch großartig, oder?«

»Klingt großartig, ja. Ist aber leider mühsam«, sagt Rita.

»Wir können ja mit einer Anfängerübung beginnen«, grinst Sibylle. »Wie wäre es mit Liebe als Mittel gegen Pornographie und Verleumdung.«

»Wie bitte?«

»Ich glaube, dass Liebe nichts Pornographisches kennt. Und dass an liebenden Menschen üble Gerüchte einfach ablaufen und … ja, sich zu Tode laufen.«

»Rührend«, sagt Rita und steht auf. Sibylle stemmt sich ebenfalls hoch. Beide gehen zur Wohnungstür.

»Also was hast du nun vor, außer Liebe zu predigen – womit leider nichts verdient ist?«

»Ich werde eine Komödie drehen«, sagt Sibylle.

»Wie? Eine Komödie?« Rita reißt die Augen auf. »Worüber denn bitte? Etwa über den gescheiterten Versuch, den Prozess gegen Marie Antoinette zu verfilmen?« Rita greift sich die zusammengefaltete Zeitung, die noch an der Tür liegt, und klappt sie auf. »Weißt du, was die Schlagzeile ist?«

»Nein, ich war, als du vorhin aufgekreuzt bist, gerade erst im Bad fertig. Wir sind gestern erst sehr spät heimgekommen, Barbara und ich …«

»Passt«, sagt Rita. Hier steht: »Oscar-Regisseurin Sibylle Schlick: lesbische Orgien auf der Alm.«

Sibylle reißt ihr die Zeitung aus der Hand und beginnt zu lesen. Dann hebt sie den Blick und lässt die Zeitung sinken. »Na gut«, sagt sie. »Dann wird's eben eine Tragikomödie. Nicht über Gericht und Urteil. Sondern über Gerücht und Vorurteil.«

Zeittafel

1755
am 1. November zerstört ein Erdbeben Lissabon.
am 2. November kommt Marie Antoinette zur Welt.

1756
der Allianzvertrag zwischen Österreich und Frankreich wird geschlossen.

1770
am 19. April wird Marie Antoinette in Wien in Abwesenheit des Bräutigams mit diesem verheiratet.
am 21. April reist sie nach Frankreich ab.
am 16. Mai wird die noch nicht einmal fünfzehn Jahre alte Braut in der Schlosskirche von Versailles mit dem sechzehnjährigen Dauphin getraut.

1773
am 8. Juni zieht das Thronfolgerpaar in Paris ein und wird umjubelt.

1774
am 10. Mai stirbt König Ludwig XV. an den Pocken. Sein Enkel wird zum König Ludwig XVI. ausgerufen, Marie Antoinette zur Königin; sie ist achtzehneinhalb Jahre alt.

1776
am 4. Juli erklären die Vereinigten Staaten von Amerika ihre Unabhängigkeit.

1777
Der Buchhändler Lefèvre beginnt in seinem Laden an der Auffahrt zum Schloss Versailles mit dem Vertrieb pornographischer Verleumdungen der Königin.
am 8. April trifft Marie Antoinettes ältester Bruder, der spätere Kaiser Joseph II., in Paris ein; kurz danach unterzieht sich Ludwig endlich der Operation seiner Phimose.

1778
am 6. Februar wird das amerikanisch-französische Bündnis geschlossen.
am 19. Dezember wird das erste Kind Marie Antoinettes geboren – zur allgemeinen Enttäuschung eine Tochter, Marie Thérèse Charlotte, genannt Madame Royale; sie wird als einziges Familienmitglied die Französische Revolution überleben.

1780
in Frankreich wird die Folter abgeschafft.
am 29. November stirbt Kaiserin Maria Theresia; Joseph übernimmt die Regierung.

1781
am 22. Oktober gebiert Marie Antoinette ihren ersten Sohn, den Dauphin Louis.

1783
am 3. September wird in Versailles der englisch-französische Friedensschluss unterzeichnet.

1785
am 27. März kommt der zweite Dauphin zur Welt, der 1793 als Thronfolger Ludwig XVII. wird und wahrscheinlich mit zehn, 1795, stirbt.
am 15. August wird Kardinal Rohan in Zusammenhang mit der Halsbandaffäre verhaftet.

1786
am 31. Mai wird das Urteil in der Halsbandaffäre verkündet; Rohan wird freigesprochen.
am 9. Juli wird Helène Beatrice, die zweite Tochter, geboren.

1787
am 19. Juni 1787 stirbt die zweite Tochter Marie Antoinettes, Helène Beatrice, nur elf Monate alt.

1789
am 5. Mai werden die Generalstände eröffnet.
am 4. Juni stirbt der erste Dauphin.
am 17. Juni tagt die Nationalversammlung.
am 11. Juli wird Finanzminister Necker entlassen.
am 14. Juli wird die Bastille erstürmt.
am 17. Juli emigrieren die ersten Mitglieder der königlichen Familie.
am 29. August wird Necker wieder ins Amt berufen.
am 5. Oktober marschieren die Pariser nach Versailles und dringen ins Schloss ein.
am 6. Oktober werden Ludwig, Marie Antoinette und ihre Kinder gezwungen, nach Paris zu fahren.

1790
am 20. Februar stirbt Marie Antoinettes Bruder, Kaiser Joseph II. Ihm folgt sein Bruder Leopold II. auf dem Thron nach.
am 3. Juli trifft sich Marie Antoinette mit Mirabeau.
am 14. Juli leistet der König beim Föderationsfest auf dem Champde-Mars den Eid, dem Gesetz und der Nation treu zu dienen.

1791
am 2. April stirbt Mirabeau völlig unerwartet.
am 20. Juni flieht die königliche Familie aus Paris.
am 21. Juni werden sie in Varennes gefangen genommen.
am 25. Juni kehren sie unter schärfster Bewachung in die Tuilerien zurück.

am 14. September legt der König den feierlichen Eid auf die Verfassung ab.
am 30. September endet die konstituierende Versammlung.
am 1. Oktober beginnt die gesetzgebende Versammlung ihre Sitzung. Sie verliert im Verlauf der folgenden Monate immer mehr an Einfluss.

1792
Marquis de Sade wird zum Sekretär der *Section de Paris* der *Assemblé* ernannt.
am 13. Februar besucht Axel von Fersen den König und die Königin in den Tuilerien.
am 1. März stirbt Kaiser Leopold II.; Franz II. folgt ihm nach.
am 16. März wird ein Mordanschlag auf König Gustav III. von Schweden verübt, dem er am 29. März erliegt.
am 20. April erklärt Frankreich Österreich den Krieg, Preußen stellt sich an dessen Seite.
am 20. Juni findet der erste Sturm auf die Tuilerien statt.
am 10. August stürmen die Revolutionäre zum zweiten Mal die Tuilerien und massakrieren die Schweizer Garde bestialisch.
am 11. August muss die königliche Familie in der Nationalversammlung auftreten.
am 13. August werden Ludwig, Marie Antoinette und die Kinder im Temple eingesperrt und unter Aufsicht der Kommune gestellt.
am 2. September erobern die Preußen Verdun durch Verrat.
vom 2. bis zum 6. September werden bei den sogenannten Septembermorden in vielen Gefängnissen von Frankreich die Insassen abgeschlachtet.
am 20. September Schlacht bei Valmy. Der Vormarsch der preußisch-österreichischen Interventionstruppen wird gestoppt.
am 21. September findet die erste Sitzung des aus allgemeinen Wahlen hervorgegangenen Konvents statt, bei der die Abschaffung des Königtums verkündet und die Republik ausgerufen wird.
Der Konvent ersetzt die gesetzgebende Versammlung.
am 11. Dezember beginnt der Prozess gegen Ludwig XVI. wegen landesverräterischen Beziehungen zu den Emigranten.

1793
Marquis de Sade wird Präsident der *Section des Piques.*
am 17. Januar wird der König mit knapper Mehrheit zum Tode verurteilt.
am 21. Januar wird er hingerichtet auf der Place de la Révolution.
am 10. März wird das Revolutionstribunal etabliert.
am 6. April wird der Wohlfahrtsausschuss errichtet.
am 3. Juli wird der Dauphin Louis Charles, den die europäischen Großmächte nach dem Tod seines Vaters als Louis XVII. von Frankreich anerkannt haben, von Marie Antoinette getrennt und wohnt nun eine Etage unter ihr in einem Turm des Temple.
am 2. August wird Marie Antoinette in die Conciergerie gebracht.
am 3. Oktober erlässt der Nationalkonvent den Befehl, die Witwe Capet vor das Revolutionstribunal zu stellen.
am 12. Oktober wird Marie Antoinette zum ersten Mal verhört.
am 14. Oktober beginnt der Prozess gegen sie.
am 16. Oktober wird Marie Antoinette geköpft.

1794
am 10. April besteigt Madame Elisabeth, die jüngste Schwester der Königs, das Schafott.

1795
am 8. Juni stirbt der zehnjährige Dauphin Louis Charles (Louis XVII.) im Temple an Skrofulose. Die Identität des toten Kindes, das nach schweren Misshandlungen in völliger Isolation gestorben ist, wurde später von verschiedenen Seiten bezweifelt.
am 19. Dezember, ihrem 17. Geburtstag, wird Marie-Antoinettes älteste Tochter, Marie Thérèse Charlotte, die *Madame Royale*, gegen Kommissäre der Kommune ausgetauscht; sie wird erst 1851, mit 73 Jahren, in Österreich sterben.

Bibliographie
(Auswahl)

Abu-Jamal, Mumia: … aus der Todeszelle. Live from the death row. Bremen 2001

Baecque, Antoine de: The *Livres remplis d'horreur*: Pornographic Literature and Politics at the Beginning of French Revolution. In: Peter Wagner (Hrsg.) Erotica and the Enlightenment. Frankfurt 1991

Blanc, Olivier: Der letzte Brief. Die Schreckensherrschaft der Französischen Revolution in Augenzeugenberichten. Wien und Darmstadt 1988

Bortfeld, Hermann: Die Französische Revolution. Die Geschichte einer Umwälzung, die unser Leben bis heute prägt. München 1989

Boulanger, Christian, Vera Heyes und Philip Hanfling (Hrsg.): Zur Aktualität der Todesstrafe. Interdisziplinäre Beiträge gegen eine unmenschliche, grausame und erniedrigende Strafe. Berlin 1997

Campan, Madame de: Marie Antoinette und ihr Hof. Bern 1938

Carlsson, Anni (Hrsg. und Übersetzung.): Axel von Fersen: Rettet die Königin. Revolutionstagebuch 1789–1793. München 1969

Castelot, André: Marie Antoinette. Von Versailles zur Guillotine. Wien 1989

Christoph, Paul (Hrsg. und Übersetzer): Maria Theresia und Marie Antoinette. Ihr geheimer Briefwechsel. Wien 1952

Christoph, Paul: Marie Antoinette. Wien 1959

Cronin, Vincent: Ludwig XVI. und Marie Antoinette. Düsseldorf 1975

Erickson, Carolly: Marie Antoinette. Königin von Frankreich, Bürgerin auf dem Schafott. München 1991

Fischer, Peter (Hrsg.): Reden der Französischen Revolution. dtv dokumente. München 1989

Fleischmann, Hector: Les pamphlets libertins contre Marie Antoinette. D'après des documents nouveaux et les pamphlets tirés de l'enfer de la Bibliothèque Nationale. Genf 1976
Frischauer, Paul: Weltgeschichte der Erotik, Band III. Von Paris bis zur Pille. München 1995
Goulemot, Jean Marie: Gefährliche Bücher. Erotische Literatur, Pornographie, Leser und Zensur im 18. Jahrhundert. Reinbek bei Hamburg 1993
Gouncourt, Edmond und Jules: Marie Antoinette. München 1923
Guilhaumou, Jacques: Sprache und Politik in der Französischen Revolution. Vom Ereignis zur Sprache des Volkes (1789 bis 1792). Frankfurt 1988
Haslip, Joan: Marie Antoinette. Ein tragisches Leben in stürmischer Zeit. München 1999
Hébert, Jacques-René: »Den Papst an die Laterne, die Pfaffen in die Klapse.« Schriften zu Kirche und Religion 1790–1794. Freiburg 2003
Hunt, Lynn: Pornographie und die Französische Revolution. In: Lynn Hunt (Hrsg.) Die Erfindung der Pornographie. Obszönität und die Ursprünge der Moderne. Frankfurt 1994
Jakoby, Ruth und Frank Baasner: Paris 1789. Journal der Täter, Opfer und Voyeure. Baden-Baden 1988
Jeschonnek, Bernd: Revolution in Frankreich 1789–1799. Ein Lexikon. Berlin 1989
Lever, Evelyne: Marie Antoinette. Eine Biographie. Augsburg 1995
Mignet, Francois Auguste: Geschichte der Französischen Revolution von 1789 bis 1814. Leipzig 1975
Schama, Simon: Der zaudernde Citoyen. Rückschritt und Fortschritt in der Französischen Revolution. München 1989
Schrader, Sabine: Nonnen, Königinnen und Voyeure. Imagologien der Lesbe im 18. Jahrhundert. In: Dirk Naguschewski und Sabine Schrader (Hrsg.): Sehen Lesen Begehren. Homosexualität in französischer Literatur und Kultur. Berlin 2001
Sprecher, Margrit: Leben und Sterben im Todestrakt. München 2001
Stael, Germaine de: Rettet die Königin! Aufruf zur Verteidigung von Marie Antoinette und andere Dokumente zur Französischen Revolution. Zürich o. J.

Thomas, Chantal: La Reine Scélérate. Marie Antoinette dans les Pamphlets. Paris 1989
Tiryakin, Edward A.: From Underground to Convention: Sexual Anomie as an Antecedent to the French Revolution. In: Sicial Theory 5 (1984)
Trombley, Stephen: The Execution Protocol. Inside America's Capital Punishment Industry. New York, 1992
Vinken, Barbara (Hrsg.): Die nackte Wahrheit. Zur Pornographie und zur Rolle des Obszönen in der Gegenwart. München 1997

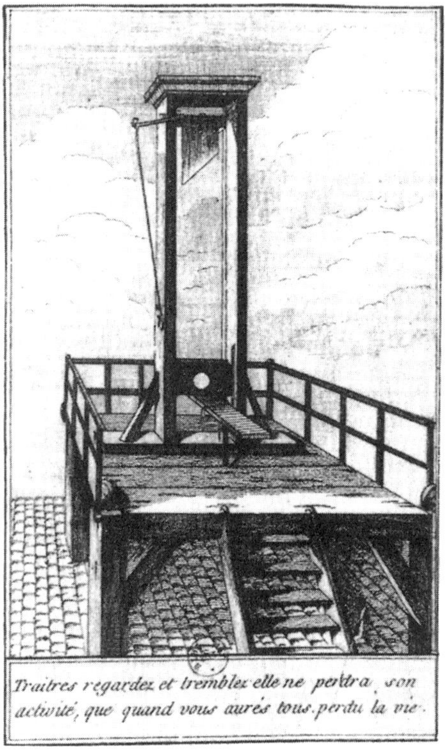

Traitres regardez et tremblez elle ne perdra son activité, que quand vous aurés tous perdu la vie.

Zu den Abbildungen